사랑하는 _____ 에게

늘 다른 사람을 먼저 배려하는
마음을 잊지 말기를…….

_____로부터

어린이를 위한
배려

어린이를 위한

배려

한상복 원작 | 선지은 글 | 김성신 그림

위 · 즈 · 덤 · 하 · 우 · 스

어린이를 위한 배려

초판 1쇄 발행 2006년 5월 15일   초판 16쇄 발행 2007년 4월 12일

원작 한상복 **글** 전지은 **그림** 김성신 **펴낸이** 김태영

기획편집 2분사_분사장 김일희 **책임편집** 강정애
1팀_고정란 김은정 최유연 2팀_정소연 강정애 이수희 디자인팀_김미영 이성희

상무 신화섭 **COO** 신민식 **콘텐츠사업** 노진선미 이유정 김현영 이화진
홍보마케팅분사 부분사장_정덕식 **영업관리** 이재희 김은실 **마케팅** 권대관 송재광 박신용 김형준
인터넷사업 정은선 왕인정 김미애 **홍보** 김현종 허형식 임태순 **광고** 김정민 이세윤 허윤경 김혜선
본사 본사장_하인숙 **경영혁신** 김도환 김성자 **재무** 고은미 봉소아 최준용 **HR기획** 송진혁 양세진

펴낸곳 (주)위즈덤하우스 **출판등록** 2000년 5월 23일 제13-1071호
주소 서울시 마포구 도화1동 22번지 창강빌딩 15층 **전화** 704-3861 **팩스** 704-3891
홈페이지 www.wisdomhouse.co.kr
출력 엔터 **종이** 화인페이퍼 **인쇄·제본** (주)현문

ⓒ전지은 · 김성신, 2006 ISBN 89-89313-84-8 73800

배려는 사람과 사람을 이어 주는
보이지 않는 끈입니다.

어린이를 위한 가장 아름다운 마음

시인 김용택

우연한 기회에 『배려』를 읽고 큰 감동을 받았습니다. 그래서 어린이들을 위해서도 이런 책이 나와 주었으면 좋겠다고 생각했는데, 마침 『어린이를 위한 배려』가 세상에 나오게 되어 무척 반갑습니다. 배려는 어른과 어린이 모두에게 정말 필요한 것이니까요.

우리 아이들은 학교에서 집에서 늘 일등만을 강요받습니다. 그렇게 앞만 보고 자란 아이는 무조건 다른 사람을 이기려고 하고, 내 것만이 최고라고 생각하는 좁고 차가운 세상에 갇혀 자랍니다. 그런 아이들에게 세상에는 나보다 더 아끼고 보살필 것이 많다는 것을 '배려'를 통해 말해 주고 싶습니다. 우리가 사는 세상을 진정으로 아름답게 하고 풍요롭게 하는 것은 바로 사람들의 마음에 배려가 있기 때문입니다. 서로서로를 아끼고 보살피며 자란 아이는 넓고 따뜻하게 자라서, 나와 이웃과 세상을 품게 됩니다. 더불어 사는 사람이 되는 것이지요.

　저는 아이들에게 게임기를 선물하기보다 아름다운 자연을 한 번 더 보여 주고, 학습지를 사주기보다 시골의 할아버지 할머니 댁에 한 번 더 데려가라고 말합니다. 정말 건강하고 아름다운 아이는 일등이 되려고 기를 쓰고 노력하는 아이가 아니라, 다른 사람을 깊이 배려할 줄 아는 아이입니다. 그래야 세상을 생각하는 어른이 될 수 있습니다.

　이 책은 어린이를 위한 책이지만 어른들도 함께 읽기를 권합니다. 어린이에게 배려를 올바르게 가르치기 위해서는 먼저 어린이를 배려해야 하기 때문입니다. 배려를 받고 자란 아이는 누가 가르치지 않아도 저절로 배려를 할 줄 알며, 나중에 커서도 다른 사람의 마음을 헤아릴 줄 아는 어른이 됩니다. 우리 아이들의 건강하고 아름다운 세상을 소중하게 지켜 주세요.

2006년 5월 섬진강에서

차례

회장 선거

예나는 자신감 넘치는 표정으로 교실 입구에서 어수선하게 서 있는 아이들을 바라보았다.

'드디어 나의 목표에 한 발짝 다가서는 날이군.'

오늘은 6학년이 시작되는 첫날이다. 초등학교에 입학하면 한 해에 한 학년씩 올라가 6학년이 되는 것은 낭연한 일이지만, 예나에게 6학년은 조금 더 특별한 의미가 있었다. 예나에게는 아직 아무에게도 말하지 않은 한 가지 계획이 있는데, 그 계획을 실현시킬 수 있는 자격이 6학년에게만 주어지기 때문이었다.

예나는 1학년 때부터 지금까지 회장, 부회장을 한 번도 놓친 적이 없었다. 리더십 있고, 공부 잘하고, 똘똘하고, 자신

감 넘치는 아이, 그것이 바로 예나의 모습이었다.

어수선한 새 학년의 첫날, 수업을 마치고 나서 아이들은 간단히 교실 청소를 했다.

"얘, 너하고 너는 책상을 옮기고, 또 너하고 너는 비로 먼지를 좀 쓸어야겠어. 그리고 나머지는……."

예나는 습관처럼 아이들에게 청소할 곳을 지시했다.

"뭐야? 자기가 꼭 회장이라도 된 것처럼 큰소리치네."

"예나가 잘난 척하는 거 처음 봤니?"

하며 몇몇 아이들은 불만을 토해 내기도 했으나, 신경 쓰지 않았다. 언제나 능력 있는 사람 주변엔 그 능력을 시기하는 사람들이 있게 마련이니까……. 예나는 그저 이번 1학기에 회장이 되고 나서 2학기에 전교 회장에 도전, 화려하게 초등학교를 졸업하겠다는 생각만 머릿속에 담아 두고 있을 뿐이었다. 예나가 졸업 전에 꼭 이루어야 할 중대한 목표란 바로 그것이었다.

다음 날 수업 시간이 시작되자 모두의 예상대로 선생님은 칠판에 '회장, 부회장 선거'라고 썼다.

'드디어 때가 왔군.'

예나는 조용히 회심의 미소를 지었다. 후보로 뽑힌 아이는 모두 10명, 남자 아이가 6명, 여자 아이가 4명이었다. 예나를 포함한 10명의 아이들은 각자 회장 후보로서의 마음가짐을 아이들 앞에서 밝혔다. 그리고 곧 아이들에게는 투표 용지가 한 장씩 나누어졌다. 아이들은 투표 용지에 지지하는 후보의 이름을 적기 시작했다.

'그래. 모든 일은 내 생각대로 될 거야. 이번에 회장이 되고, 2학기엔 전교 회장 선거에 나가는 거야. 난 '도전하는 어린이의 미래는 아름답다!'라는 구호로 선거 운동을 할 거고, 운동원은 적어도 20명은 모아야겠지? 교내 방송으로 후보

연설을 할 때는 아이들이 기억하기 쉽게 강렬한 동작을 하나 만들어야겠어. 내친 김에 작은 기념품도 하나씩 돌릴까?'

예나가 일찌감치 투표 용지에 자기 이름을 쓰고, 이렇게 생각을 하는 동안 투표는 마무리되어 가고 있었다.

선생님이 지켜보는 가운데 투표 용지가 한 장, 한 장 펼쳐지고, 칠판에 적힌 회장 후보들의 이름 옆으로 숫자를 나타내는 正(정)자가 그어지고 있었다.

"자, 이번 1학기에 우리 반을 이끌어 갈 회장은 윤정석, 그리고 남자 부회장은 이승주, 여자 부회장은 심예진으로 정해졌어요. 모두 박수!"

예나의 이름은 없었다. 늘 선거 결과가 나올 때면 빠지지 않는 이름이었다. 예나의 얼굴은 그야말로 흙빛이 되었다.

'이건 말도 안 돼!'

예나의 입에서는 계속해서 '말도 안 돼.'라는 말이 조용히 흘러 나오고 있었다. 수십 번도 더 '말도 안 돼.'를 중얼거리는 동안 새로운 회장과 부회장들은 당선 소감을 발표하고 있었다. 모든 아이들이 예나만 쳐다보고 있는 것만 같았다. 얼굴이 화끈거려 도저히 고개를 들고 있을 수가 없었다.

"자, 그러면 후보들 가운데서 각 부 부장들을 뽑아야겠지? 먼저 환경미화부 부장은……."

선생님의 이야기가 예나의 귀에 메아리처럼 들려 왔다. 마치 텔레비전 드라마에서나 보던 것처럼…….

"바른생활부장은 예나가 하면 좋겠네. 위예나, 알았지?"

선생님의 그 말에 예나는 정신이 번쩍 들었다. 선생님은 예나를 쳐다보며 눈을 찡긋거렸다.

'아, 하필 왜 바른생활부란 말이지?'

바른생활부라면 작년부터 없애느냐, 마느냐를 두고 말이 많았던 학생회 자치부 중 하나였다. 별다른 활동도 없고, 겨우 하는 일이라는 게 '인사를 잘합시다.', '부모님께 효도합시다.'와 같이 재미없고 지루한 포스터를 교내에 붙이는 것이 고작이었다. 그러나 그런 일은 바른생활부가 굳이 없어도 충분히 할 수 있는 일이었다.

그런 까닭에 예나 역시 작년에 학생회 임원을 하면서 바른 생활부가 필요 없다는 의견을 회의 때마다 내놓곤 했다. 그렇지만 6년 내내 간부라고는 바른생활부 부장을 한 번 한 것이 전부였던 육성회장의 아들 때문에 결국 선생님들도 아이들의 의견을 받아들이지 못했다.

"이니, 바른생활부를 왜 없애겠다는 거예요? 말 그대로 바른 생활을 위해 꼭 필요한 사치부 아닌가요? 성적을 올리는 것보다 인성을 키우는 것이 교육의 진정한 목표인데 바른생활부가 없어지면 어떡합니까? 없애려면 다른 걸 없애든가."

바른생활부를 없애겠다는 의견이 나올 때마다 육성회장은 학교로 찾아와 이렇게 한 번씩 큰 소리를 내곤 했었다.

"예나는 작년부터 바른생활부에 대해서 관심도 많았고, 특히 바른생활부의 문제점을 누구보다 잘 알고 있다고 선생님은 생각해. 그러니까 이제 좀 더 활성화되도록 많은 노력을 기울여야 할 거야. 내가 보기엔 바른생활부장으로 예나만큼 적당한 사람은 없는 것 같다."

선생님의 그 말이 예나의 마음을 더 아프게 했다. 그리고 계속해서 '위예나, 잘난 척하더니 고작 자기가 없애야 한다고 그렇게 주장하던 바른생활부장이 된 거야?' 하는 소리가 귓가에 맴돌았다.

"예나야, 무슨 일이라도 있니? 새 학년이 되었는데 왜 그렇게 기운이 없어?"

축 처진 어깨로 현관문을 열고 들어서는 예나에게 엄마가 걱정스럽게 물었다.

"몰라요!"

예나는 퉁명스럽게 대답을 하고 방으로 들어가 버렸다. 방에 들어와 가방을 내려놓고 의자에 앉은 예나는 한참 동안을 책상에 엎드려 생각했다.

'난 이제 끝이야. 이제 전교 회장이고 뭐고 모두 허사가 되어 버렸다고! 바른생활부장이 뭐야? 차라리 아무것도 하지 않는 게 낫지.'

그 날 잠자리에 들 때까지 아무 말도 없는 예나를 보며 엄마, 아빠는 걱정스런 표정을 지었다. 그렇지만 예나는 부모님께 차마 회장 선거에서 떨어졌다는 말을 할 수는 없었다.

다음 날, 수업이 끝날 무렵이었다. 다른 반 아이 한 명이 예나의 교실로 뛰어들어오더니 이렇게 외쳤다.

"오늘 수업 마치고 과학실에서 전교 바른생활부장 선거가 있어! 이 반 바른생활부장도 빠지지 말고 참석해야 해!"

'바른생활부장'이라는 말만 들어도 예나의 가슴은 바짝바짝 타는 것만 같았다. 그렇지만 별 수 없지 않은가.

무덤덤한 표정으로 과학실로 들어서던 예나는 일제히 자신을 쳐다보는 아이들의 눈빛에 잠깐 멈칫거렸다.

"위예니 아니야? 지난해 5학년 3반 회장이던?"

"맞아! 이번에 회장 선거에서 떨어졌나 봐."

"아무리 그래도 그렇지, 바른생활부장이라니……."

자기들 딴에는 조용하게 말한다고 한 것이 그대로 예나의 귀로 들어왔다. 예나는 무거운 한숨을 쉬며 자리에 앉았다.

"각 반 바른생활부장으로 뽑힌 것을 진심으로 축하합니다. 난 올 한 해 동안 바른생활부 담당 선생님이 된 김지훈입니다. 반가워요. 지금 우리는 전교 바른생활부장을 뽑기 위해 모였어요. 6학년 바른생활부장 다섯 명 가운데 한 명을 부장으로, 그리고 또 한 명을 차장으로 뽑을 거예요. 그러니까 가장 많은 표를 얻은 친구가 부장, 다음이 차장이 되겠지요. 자,

시작해 볼까요?"

6학년 바른생활부장이라는 아이들이 한 명씩 앞으로 나가 후보 연설을 했다. 그 중에는 한 번도 보지 못했던 아이도 있었다. 적어도 두어 명의 아이들은 정말로 부장이 되고 싶었는지 회장 선거 때만큼이나 연설에 성의를 보였다.

"저를 바른생활부장으로 뽑아 주신다면 바른생활부를 전교 학생회 못지않은 뛰어난 자치부로 만들겠습니다!"

그 중에서도 2반의 바른생활부장인 우정이는 눈에 띄게 진지한 모습이었다. 몇 명의 순서가 지나가고 예나의 차례가 왔다. 예나는 힘없이 앞으로 나갔다.

"6학년 4반 위예나입니다."

예나는 꾸벅 인사를 하며 짧은 말을 남기고 자리로 돌아와 앉았다. 아무것도 하기 싫었다. 6학년 4반의 바른생활부장이 된 것도 그렇고, 전교 바른생활부장 후보가 된 것도 그렇고, 도대체 예나의 생각대로 된 일이 무엇이 있단 말인가? 게다가 지금 이 자리는 스스로 그렇게 없애야 한다고 주장했던 바로 그 자리가 아닌가. 예나는 열성을 보일 이유도, 필요도 없었다.

"자, 모두 끝났어요. 전교 바른생활부장은 6학년 5반의 서 우혁, 그리고 차장은 6학년 4반의 위예나가 되었어요. 두 사람을 위해 박수!"

선거를 마치고 받는 박수가 이렇게 초라했던 적은 한 번도 없었다. 지금 예나는 세상의 가장 밑바닥으로 떨어지는 기분이었다.

위기를 기회로!

　회장 선거에서 떨어지고 바른생활부장이 된 이후 예나의
학교 생활은 엉망이었다. 학교에 가는 일이 즐겁지 않은 것은
물론이고, 수업 내용도 귀에 들어오지 않았다. 점심 시간에
먹는 밥은 모래알 같기만 해서 매번 남기곤 했다. 그래서인지
예나의 얼굴은 점점 더 어둡고 핼쑥해져 갔다.

　그러는 동안 예나의 머릿속에는 '내가 왜 이렇게 되었지?
도대체 왜?'라는 질문만이 둥둥 떠다녔다.

　"위예나! 김지훈 선생님이 수업 끝나고 교무실로 오라고
하셨어."

　바른생활부장이 되고 일주일째 되던 날이었다. 전교 바른

생활부장인 우혁이가 예나를 찾아와 말했다. 예나는 내키지 않았지만, 선생님의 부름이니 어쩔 수 없었다.

"얘들아, 잠깐 이리로 좀 오렴."

선생님은 우혁이와 예나를 교무실 한쪽에 있는 휴게실로 데리고 갔다.

"이 말을 어떻게 전해야 하나 좀 고민했는데, 어차피 해야 할 말이니까 그냥 속 시원하게 할게. 그저께 교무 회의가 있었어. 그런데 회의에서 우리 바른생활부에 대한 이야기가 나왔지. 너희들도 알겠지만, 작년부터 바른생활부에 대한 불만들이 많았잖니? 그래서 학교 홈페이지 게시판에 자꾸 글이 올라오는 것을 너희들도 봤을 거야."

예나는 가슴이 뜨끔해지는 것을 느꼈다. 사실 예나 역시 학교 홈페이지 게시판에 바른생활부에 대한 불만의 글을 두어 번 올린 적이 있었다.

"그렇지만 선생님은 바른생활부를 잘 꾸려 나간다면 학교에 꼭 필요한 자치부가 될 거라고 생각해. 그래서 교장 선생님께 계속해서 바른생활부를 없애면 안 된다고 말씀을 드려서 올해에 담당을 맡게 된 거야. 자랑은 아니다만, 내가 아니었으면 바른생활부는 없어질 뻔했지."

우혁이는 진지하게 선생님의 이야기를 듣고 있었다.

하지만 예나는 '차라리 없어지는 게 나을 뻔했어.'라고 생각하면서 묵묵히 바닥만 내려다보고 있었다.

"그런데 그저께 교무 회의에서 다시 한 번 바른생활부의 이야기가 나왔단다. 학교는 학생들의 생각을 중심으로 이끌어 가야 한다는 것이 모든 선생님들의 생각이야. 그렇기 때문에 학생들이 학교에 조금이라도 불만이 있으면 안 된다고 생각하거든."

예나가 슬며시 고개를 들어 선생님에게 물었다.

"그럼 바른생활부가 없어지는 거예요?"

선생님은 급히 손사래를 치며 대답했다.

"아, 아니! 지금 당장 없앤다는 것은 아니고, 석 달 동안 시간이 있어. 그 동안 바른생활부의 성격이 잘 드러나는 일을 찾아서 하고, 그것이 학생들에게 좋은 반응을 얻는다면 바른생활부는 없어지지 않아."

'바른생활부의 성격이 잘 드러나는 일? 그런 일도 있나? 그냥 없애겠다는 것보다 더 귀찮은 이야기네.'

예나는 차라리 다행이라는 생각이 들었다. 바른생활부가 없어지면 예나도 바른생활부장이라는 부끄러운 꼬리표를 뗄 수 있을 테니까…….

그런데 그 때였다.

"선생님, 그러면 어떻게 해야 해요? 어떤 일을 해야 바른 생활부가 안 없어지죠?"

우혁이가 다급하게 선생님에게 물었다.

"글쎄다. 일단은 바른생활부장들끼리 모여서 회의를 좀 해 보면 어떻겠니? 아무래도 내가 먼저 나서는 것보다는 너희들 끼리 의견을 모으는 것이 더 중요할 것 같아. 그러고 나서 선생님의 도움이 필요하다면 그 땐 다시 한 번 이야기해 보자."

우혁이는 부쩍 상심한 표정이었다.

"우혁아, 그런데 지금은 기운이 빠질 때가 아니야 오히려 바른생활부를 잘 이끌 수 있도록 힘을 내야지. 알았지?"

선생님이 자리로 돌아가고, 우혁이와 예나는 다시 교실로 올라왔다.

"예나야, 내일 바쁘니?"

"수업 끝나고 학원에 가야 해."

"그러면 모레 회의를 하면 되겠구나."

"그러든가."

예나는 심드렁하게 대답을 하며 교실로 들어섰다. 청소를

마친 아이들은 집으로, 또는 학원으로 가기 위해 가방을 메고
교실 문을 나서고 있었다. 예나도 얼른 가방을 챙겨 현관으로
나왔다. 먹구름이 가득한 하늘에서는 제법 굵은 비가 내리고
있었다.

　아이들도 예나도 현관에 서서 비가 그치기를 기다리고 있
었다. 조금 있으니 교문으로 우산을 든 엄마들이 들어오기 시
작했다.

현관에 우르르 몰려 서 있던 아이들이 엄마와 함께 우산을 쓰고 교문을 빠져 나가기 시작했다. 한 명, 두 명, 세 명……, 얼마 지나지 않아 현관에는 예나와 서너 명의 아이들만 남게 되었다.

'같이 쓰고 가자는 사람이 아무도 없네…….'

이렇게 생각하고 있을 때, 5학년 때 같은 반 부회장이었던 혜진이의 엄마가 혼자 서 있는 예나를 흘끗 쳐다보았다. 그렇

지만 곧 혜진이의 어깨를 감싸고 우산을 씌워 나갔다. 비는 쉽게 그칠 것 같지 않았다. 예나는 한숨을 한 번 내쉰 뒤, 가방을 머리 위에 얹고 달렸다.

겨우 집에 도착한 예나는 흠뻑 젖어 있었다.

'어유, 얼른 들어가서 옷부터 갈아입어야겠다.'

열쇠로 현관문을 열고 들어서는 순간, 굳게 닫힌 커튼을 본 예나는 화가 치밀어 올랐다. 엄마는 커튼을 닫은 채 자고 있었다.

늘 이랬다. 엄마는 광고 회사에서 일을 받아 집에서 작업을 하는데, 낮에는 집중이 잘 되지도 않고 집안일들을 해야 한다는 이유로 남들이 다 잠을 자는 한밤중에 일을 하고 낮이 되면 커튼을 꼭꼭 닫은 채 잠을 잤던 것이다.

그렇지만 오늘처럼 갑작스레 비라도 오는 날이면 혼자서만 편하게 쉬고 있는 엄마의 모습에 예나는 너무나 화가 났다. 예나는 엄마를 거칠게 흔들었다.

"엄마! 엄마!"

"으음, 예나 왔니?"

겨우 몸을 일으키던 엄마는 예나의 모습을 보고 깜짝 놀라 물었다.

"아니, 예나야! 왜 그렇게 젖었어? 무슨 일 있었니?"

엄마의 말씀에 예나는 날카롭게 소리를 질렀다.

"엄마! 커튼 열고 바깥 좀 내다보세요. 비 오잖아요!"

"어머, 비가 오는 줄도 몰랐네. 어떡하지?"

"뭘 어떡해요? 언제 비 온다고 우산 가지고 학교에 와 본 적이라도 있으세요?"

예나는 금방이라도 울음을 터뜨릴 것처럼 잔뜩 열이 오른 얼굴로 쏘아붙였다.

"예나야, 미안해! 얼른 옷 갈아입어라."

"대체 우리 엄마가 맞긴 한 거예요? 우리 학교에서 오늘 우산 못 쓰고 온 애는 저밖에 없어요. 저한테 관심이 있긴 있으세요?"

"예나야, 정말 미안하다. 엄마가 오늘 아침까지 넘겨야 할 일이 있어서 어젯밤을 꼬박 새는 바람에……."

엄마는 예나를 달래려고 최대한 부드럽게 말을 건넸다. 그렇지만 예나는 작정이라도 한 아이처럼 소리를 질러 댔다.

"매번 일 핑계 대고 대낮부터 주무시면서 도대체 엄마가 저한테 해 주신 게 뭐 있어요? 숙제를 도와 준 적이 있으세요, 아니면 다른 회장 엄마들처럼 학교에 와 본 적이 있으세요.

그것도 아니면 최소한 내가 학교에서 뭘 했는지 물어 본 적이라도 있으세요? 다른 애들이 저보고 왜 너희 엄마는 회장 엄마면서 학교에 안 오냐고 얼마나 물어 봤는지 아세요?"

소리를 지르면서 예나는 이젠 회장이 아니라는 생각이 번뜩 들어 더 화가 났다. 어쩌면 그 화풀이를 지금 엄마에게 하고 있는 것인지도 모른다.

"예나야, 그건 네가 스스로 알아서 잘하고 있을 거라고 믿

기 때문이잖아. 네가 잘하고 있는데 엄마가 꼭 학교에 가야 할 이유가 있니? 그리고 엄마는 집안일이랑 회사일이랑 두 가지를 해야 하니까 언제나 바쁘다는 건 너도 알고 있잖아. 오늘 우산 때문에 기분이 안 좋은 모양인데, 그런 일이라면 네가 우리 아파트에 사는 친구에게 부탁해서 함께 쓰고 올 수도 있었던 것 아니니?"

엄마의 목소리가 차분하게 가라앉았다. 그건 곧 엄마의 기분이 점점 가라앉고 있다는 뜻이기도 했다.

"우산 때문에 굽실대며 부탁을 하란 말이에요? 저는 자존심 상해서 그런 거 못해요. 그리고 다른 엄마들은 안 그래요. 회사 다니면서 집안일도 다 하고, 아이들 일에 얼마나 관심이 많은데요. 우리 반에도 회사 다니는 엄마들이 절반이 넘지만, 엄마처럼 무관심한 엄마는 한 명도 없어요!"

예나의 목소리는 높아질 대로 높아졌다. 이쯤 되면 엄마도 더 이상 보아 넘기기가 힘들었다.

"예나야, 엄마가 널 다른 아이들이랑 비교하면 좋겠어? 그렇게 따진다면 넌 엄마를 위해서 뭘 해 줬니? 엄마가 밤새 일하느라 힘들다고 해서 집안일을 조금이라도 도와 준 적이 있어, 아니면 말 한 마디라도 부드럽게 한 적이 있어? 하다못해

네 방 청소도 다 엄마가 해 주고 있잖아. 엄마를 돕기는커녕 네 일조차 네 손으로 하지 않으면서 엄마한테는 다 해 달라니, 그런 억지가 어디 있어!"

"관둬요. 엄마랑 무슨 말을 하겠어요."

예나는 눈물을 그렁그렁 매단 채 방문을 쾅 닫고 나가 버렸다. 그 모습을 바라보며 엄마는 길고 긴 한숨을 쉬었다.

이틀 후, 수업을 마친 예나는 과학실 문을 열고 들어섰다. 우혁이가 바른생활부 비상 회의를 소집했기 때문이다.

우혁이는 5, 6학년 바른생활부 부장들이 모인 자리에서 심각한 표정으로 선생님의 말을 전했다.

"우리에게 주어진 시간은 석 달입니다. 석 달 동안 우리가 할 수 있는 능력을 총동원해서 뭔가 눈에 띄는 일을 해야 해요. 그러지 않으면 바른생활부는 없어지고 맙니다."

우혁이가 이야기를 하는 동안 예나는 과학실을 둘러보았다. 우혁이의 이야기를 제대로 듣고 있는 아이는 절반 정도밖에 되지 않았다. 그 중에서도 2반 바른생활부장인 우정이는 아예 옆에 앉은 아이와 큰 소리로 떠들고 있었다. 예나의 입에서는 저도 모르게 한숨이 새어 나왔다.

"자, 조용히 하고, 이제 어떤 일을 하면 좋겠는지 의견을 이야기해 보세요."

우혁이가 아이들에게 의견을 물으면서 우정이를 노려보았다. 우정이도 지지 않고 우혁이를 쏘아보다가 '쳇!' 하며 고개를 돌려 버렸다. 우혁이는 숨을 한 번 쉬고는 말했다.

"지금 우리는 아주 심각한 위기에 처해 있어요. 그렇지만 우리가 모두 뜻을 모으면 바른생활부는 이대로 없어지지 않을 겁니다. 모두 좋은 의견이 있으면 이야기해 주세요. 어떤 의견이라도 좋습니다."

우혁이가 다시 한 번 부탁을 하자 6학년 3반 바른생활부장인 한솔이가 쭈뼛거리며 손을 들고 말했다.

"제 생각엔 교문에서 피켓을 들고 캠페인을 하면 어떨까 합니다. '복도에서 뛰지 맙시다.'라든가 '급식 시간에 새치기를 하지 맙시다.'와 같은 내용으로 말입니다."

한솔이의 말이 끝나기 무섭게 아이들의 입에서는 '에이.'라는 탄식이 터져 나왔다.

"그건 이미 지난 바른생활부에서 다 했던 거잖아."

"피켓 들고 서 있는다고 해서 애늘이 말을 듣나, 뭐?"

아이들은 모두 한 마디씩 던졌다. 예나는 뭐라고 말하고 싶은 의욕조차 없었다. 이야기를 꺼낸 한솔이나 거기에 토를 다는 아이들이나 모두 유치하게만 보였다.

한솔이의 발표 이후 몇 명이 의견을 내놓긴 했지만 모두 거기에서 거기였다. 결국 회의는 흐지부지 끝이 났고, 다음 회의 때까지 좋은 의견을 하나씩 생각해 오자는 데서 이야기는 마무리되었다.

회의가 끝나고 우혁이가 예나를 따로 불러 할 이야기가 있다고 했다. 예나는 별로 하고 싶은 이야기가 없었지만, 일단 우혁이의 이야기를 들어 주기는 해야 할 것 같았다.

"무슨 이야기야?"

"예나야, 넌 어떻게 생각해?"

"뭘?"

"바른생활부가 어떤 일을 했으면 좋겠어?"

예나는 심드렁한 표정으로 대답했다.

"좋은 의견이 있었으면 아까 이야기했겠지. 난 아무 생각 없어."

우혁이는 예나의 얼굴을 유심히 살펴보며 말을 꺼냈다.

"예나야, 난 네가 바른생활부 차장이어서 너무 좋아."

예나는 많이 당황스러웠다. 우혁이에게서 이런 말이 나올 거라고는 상상도 하지 못했기 때문이다.

"너는 지금까지 회장, 부회장도 많이 해 보았고, 누구보다 리더십이 있다는 것을 난 알고 있어. 그런 네가 바른생활부 차장이라는 게 난 너무 든든해."

그러고는 예나가 어떤 이야기라도 해 주길 바라는 것처럼 잠깐 아무 말이 없었다. 그렇지만 예나는 전혀 예상치 못한 상황이라 어떤 말도 할 수 없었다.

"너라면 바른생활부를 충분히 살릴 수 있어. 아마 누구라도 그렇게 생각할 거야. 오히려 위예나가 있는 바른생활부가 없어진다면 이상하게 생각하는 아이도 있을걸?"

예나는 슬그머니 웃음이 나왔다.

"널 치켜세우려고 하는 이야기가 아니야. 어쩌면 너의 입장에서 바른생활부는 있으나마나할지도 몰라. 그렇지만 바른생활부를 꼭 필요로 하는 아이들도 있어. 넌 아까 잘 못 봤겠지만, 의견을 이야기하는 아이들 중 한 명이라도 건성으로 말하는 아이는 없었어. 뭐, 물론 좋은 의견은 별로 없긴 했지만 말이야."

"그래서 내가 어떻게 했으면 좋겠는데?"

예나는 우혁이의 얼굴을 똑바로 쳐다보며 차가운 말투로

물었다.

"내가 너한테 어떻게 하라고 말할 처지는 아니잖아. 내가 하고 싶은 말은……."

우혁이는 입술을 한 번 꾹 깨물고는 말을 이었다.

"지금 우리 상황이 그리 좋지는 않지만, 난 네가 있기 때문에 이 상황이 나쁘지만은 않다고 생각해. 우리 모두가 다 잘해야겠지만, 너는 우리에게 닥친 위기를 좋은 기회로 바꿀 수 있을 거야. 난 정말 널 믿어."

우혁이의 말에 예나는 가슴 한쪽이 쿡 찔리는 것 같은 느낌이 들었다.

'그래. 나도 내가 그렇다고 생각한 적이 있었지. 언제나 큰일에 앞장서는 게 내가 해야 할 일이라고 생각했었어. 그런데 지금은…….'

예나의 머릿속에 이런 생각이 스쳐 지나갔다. 그렇지만 마음과는 달리 무심하게 알았다고 말하고는 얼른 과학실을 빠져 나왔다. 예나의 마음 속에서는 작은 소용돌이가 일어나고 있었다.

'내가 바른생활부를 살릴 수 있다고? 모두들 그렇게 생각한다고? 그럼 내가 그 일을 하지 못하면 어떻게 되는 거지?

졸지에 책임감 없는 아이가 되는 건가?'

　예나는 고개를 세차게 좌우로 흔들었다.

　'아, 몰라, 몰라! 내가 왜 이런 일로 고민해야 하지? 난 그냥 되는 대로 두고 보기로 했잖아. 바른생활부? 그런 게 나랑 무슨 상관이라고.'

　예나는 억지로라도 생각을 털어 버리려 했다. 그렇지만 이상한 일이었다. 털어 내려 하면 할수록 더 깊이 바른생활부에 대한 생각 속으로 빠져드는 것만 같았다.

수빈이의 실내화

　교실로 들어서려던 예나는 문 앞에 서 있는 우혁이와 마주쳤다. 그러지 않아도 어젯밤 내내 생각이 복잡해서 잠을 설쳤던 예나는 우혁이와 마주치는 것이 영 껄끄럽게 느껴졌다. 그렇지만 예나의 기분과는 상관 없이 우혁이의 표정은 전에 없이 밝았다.

　"예나야, 좋은 의견이 하나 들어왔어."

　우혁이는 예나에게 가방을 내려놓을 시간도 주지 않고 이야기를 꺼냈다.

　"어제 5학년 1반 바른생활부장인 예림이한테서 이메일이 왔거든. 너도 알지? 예림이네 반에 수빈이라고 휠체어 타고 다니는 장애우가 있는 것 말이야. 학교 안에서는 혼자서 휠체어를 밀면서 다닐 수가 있는데, 등하교는 엄마의 도움 없이는 할 수가 없대. 그래서 엄마가 매일 등하교를 시켜 주시나 봐. 그런데 수빈이네 엄마가 회사에 다니신대. 아침에는 데려다 주고 출근하시면 되는데, 오후엔 수빈이 혼자서 엄마 퇴근 시간까지 교실에서 기다려야 한다잖아. 그래서 우리 바른생활부에서 수빈이의 등하교를 맡아서 도와 주는 게 어떻겠냐고 그러더라고. 정말 좋은 의견 아니니?"

이야기를 듣던 예나가 잠시 생각을 하더니 대답을 했다.

"그러니까 지금 바른생활부장들이 서로 돌아가면서 학교에 올 때랑 집에 갈 때 수빈이의 휠체어를 밀어 주자는 이야기인 거야?"

우혁이는 고개를 끄덕였다.

"그래 봐야 5, 6학년 합쳐서 열 명인데 얼 넝이서 그걸 다 하겠다고?"

예나의 갑작스런 질문에 우혁이는 조금 당황스러운 표정을 지었다.

"뭐, 나쁜 의견은 아닌데, 그건 너무 무리야."

예나는 난호하게 말하고는 교실 쪽으로 봄을 돌렸다. 그러자 우혁이가 다시 질문을 던졌다.

"그러면 어떻게 해야 무리하지 않고 이 일을 할 수 있을 것 같아?"

"글쎄……. 방금 이야기를 들었는데 어떻게 아니? 더 생각을 해 봐야지."

예나는 쏘아붙이듯 말하고는 교실 안으로 들어갔다.

"오늘 수업 끝나고 운동장 끝에 있는 벤치에서 기다릴게. 그 때까지 좋은 생각 부탁해!"

우혁이는 예나의 뒤통수에 대고 이렇게 소리쳤다. 예나네 반 아이들이 일제히 우혁이를 쳐다보았다. 예나는 두 눈을 질끈 감았다.

'아유, 이렇게 되면 내가 바른생활부장이라는 것을 아이들에게 다시 한 번 확인시키는 셈이 된 거 아냐. 이젠 정말 빠져나가지도 못하겠구나.'

예나의 머릿속은 여전히 복잡하기만 했다.

수업을 마치고 예나는 운동장 끝의 벤치로 갔다. 우혁이가 먼저 와 기다리고 있었다.

"생각해 봤어? 좋은 방법?"

우혁이는 다짜고짜 물어 왔다.

"뭐, 좋은 방법인지는 잘 모르겠는데……. 우리가 도맡아 하는 건 아무래도 좋지 않아."

"그럼?"

"모든 아이들이 할 수 있도록 우리가 이끌어야지. 우리 몇 명이서 도맡아 하면 힘은 힘대로 들고 그냥 우리끼리만 만족하고 말게 돼. 그렇지만 모든 아이들이 하게 되면 모두가 자신들의 착한 행동에 사랑스러워할 것 아니야? 그리고 그 일을 이끈 세 바른생활부가 되는 거니까 바른생활부의 일을 알리는 효과도 크겠지."

"그거 정말 좋은 생각이다. 그런데 어떻게 이끌어? 우리가 강제로 시킬 순 없잖아."

"일단 권유를 해 보는 것이 좋을 것 같아. 예림이한테 반 아이들 전체에게 이야기를 해 보라고 해. 함께 수빈이를 돕자고 말이야."

"그래, 예림이한테 이야기해 볼게. 그런데 과연 아이들이 잘 따라 줄까? 시간은 석 달밖에 없고 해야 할 일은 많은데 말이지."

우혁이는 심각한 표정으로 말했다.

"그거야 해 봐야 아는 거지. 나도 여기까지밖에는 생각 못 했어."

예나가 자리에서 일어서며 말했다.

"역시 위예나야. 이렇게 좋은 생각을 해낼 줄 알았다니까."

우혁이가 엄지손가락을 치켜세우며 웃어 보였다. 예나도 웃음이 났지만, 어쩐지 웃는 얼굴을 보이는 것이 쑥스러워 고개를 돌리고 말았다.

다음 날, 1교시가 끝나고 쉬는 시간이 되자 우혁이가 예나를 찾아왔다.

"예나야, 2교시 끝나고 쉬는 시간에 예림이가 아이들한테 이야기할 거래."

"오늘?"

"응, 오늘이 수빈이가 한 달에 한 번 병원에 가는 날이라서 3교시가 끝나야 학교에 온대. 그러니까 오늘이 아니면 한 달을 기다려야 한다는 거지. 아무래도 수빈이가 있는 데서 이야기를 할 순 없잖아. 좀 있다가 같이 가서 예림이가 이야기하는 것 보자."

"뭘 가서 봐? 일어서 잘하겠지."

"그래도……, 우리 첫 일인데……. 가서 보자, 응?"

간곡히 부탁하는 듯한 우혁이의 표정에 예나는 마지못해 고개를 끄덕였다. 2교시가 끝나고 나서 우혁이와 예나는 5학년 1반 교실로 들어갔다. 예림이는 이미 교단에 서서 아이들에게 이야기를 하고 있었다.

"얘들아, 그래서 말인데 우리가 수빈이의 등교와 하교를 도와 주는 건 어떻겠니? 집이 가까운 친구들부터 먼저 시작하면 나중에 다른 아이들이 함께 돕는 걸로 하면 좋겠어."

예림이는 미소를 띤 채 열심히 이야기했다. 5학년 1반 아이들 중에는 예림이의 이야기를 귀담아듣는 아이가 있는가 하면, 그렇지 않은 아이들도 있었다. 그렇지만 이야기를 듣고 있는 아이들 중에서도 누구 하나 먼저 하겠다고 나서는 아이는 없었다. 그 때였다.

"아침에 일어나서 학교 오기도 바쁜데 언제 ……."

"나는 학교 끝나고 나서 학원을 두 군데나 가야 한다고."

"바른생활부는 좀 재미있는 일은 안 하고 만날 고리타분한 일만 해."

아이들끼리 투덜대며 수군거리는 소리가 예나의 귀에까지 들어왔다. 이야기를 듣고 있던 예나의 얼굴이 딱딱하게 굳어졌다.

"예나야, 왜 그래?"

빨갛게 달아오른 채 굳어 있는 예나의 얼굴을 본 우혁이가 귓속말로 물었다. 예나는 대답 없이 교단으로 나가 예림이의 곁에 섰다.

"얘들아, 지금 앞에서 예림이가 이야기를 하고 있는데, 잡담하고 떠드는 게 도대체 무슨 태도니? 그리고 하기 싫으면 하기 싫다고 당당하게 말해. 비겁하게 뒤에서 투덜거리지들 말고……."

예나가 호통을 치자 아까 떠들었던 아이들이 당황한 표정으로 자리를 고쳐 앉았다.

"예림이 이야기 모두 잘 들었지? 누가 먼저 수빈이 등하교 도우미가 될래? 수빈이랑 가까이 사는 사람이 누구야?"

예나가 무서운 말투로 질문을 하며 아이들을 둘러보자, 아이들은 약속이라도 한 듯 예나의 눈을 피해 고개를 돌렸다.

지금까지 예나의 지시에, 질문에 이런 반응이 나온 적이 있었던가? 회장으로 회의를 진행할 때도, 청소 구역을 지시할 때도, 학급 회비를 걷을 때도 예나의 결정을 따르지 않는 일은 여간해선 없었다. 예나는 부글부글 끓어오르는 화를 진정시킬 수가 없었다.

"아무도 없는 거야? 정말 아무도 하지 않겠다는 거야?"

예나는 목소리를 높여 물었다. 그러나 아이들은 오히려 그런 예나를 이해할 수 없다는 표정들이었다. 그 때였다.

"언니, 언니는 이런 일에 관심도 없었잖아. 바른생활부장이 되었다고 갑자기 이런 일을 하라고 하면 누가……."

예나와 같은 영어 학원에 다니고 있는 하람이었다. 하람이는 예나네 집 위층에 사는 아이인데 아주 어릴 적부터 예나를 봐 왔기 때문에 예나에 대해서 누구보다 잘 알고 있었다. 예나는 하람이의 말에 한참 동안 마음을 가다듬어야 했다. 그러고 나서 이렇게 말했다.

"좋아. 그렇다면 내가 먼저 하겠어."

그 말에 아이들은 매우 놀라는 표정들이었다. 예나는 아이들의 얼굴을 살피며 말을 이었다.

"내가 먼저 할 테니까 나중에라도 함께 하고 싶으면 말해."

예나는 쌩 하니 뒤돌아서서 교실을 나왔다. 우혁이가 따라오는 것을 느꼈지만, 일부러 걸음을 빨리했다. 지금은 우혁이에게 어떤 말도 할 수 없었다. 그저 수업을 시작하는 종이 빨리 울리기만을 마음 속으로 바랄 뿐이었다.

"수빈아, 나 왔어. 학교 가자."

다음 날 아침 일찍 예나는 수빈이네 집으로 찾아갔다. 수빈이는 휠체어를 탄 채 엘리베이터 앞에 나와 있었다.

"예나라고 했니? 고맙긴 하지만 매일 이렇게 시간을 빼앗기면 어떡하니?"

수빈이 엄마가 배웅을 하면서 말했다.

"괜찮아요. 제가 먼저 하겠다고 한 건데요."

예나는 무덤덤하게 말하고는 길을 나섰다. 휠체어는 생각보다 무거웠다. 휠체어 자체가 철제인 데다가 수빈이의 몸무

46

게까지 더해져서 커다란 바퀴가 한 바퀴씩 돌아갈 때마다 예나의 팔에는 저절로 힘이 들어갔다.

휠체어를 밀고 올록볼록한 보도블록 위를 갈 때면 예나는 머리까지 흔들리는 것만 같았다. 그리고 예전에는 몰랐는데, 아파트 사이사이에 담은 얼마나 많은지…… 만일 예나 혼자라면 가뿐히 뛰어넘을 높이였지만 휠체어를 밀고 있는 상태에서는 하는 수 없이 빙 돌아서 가야 했다.

게다가 인도와 차도 사이의 턱은 휠체어가 오르내리기에는 너무나 높았다. 간혹 오르내리기 쉽도록 낮추어 놓은 곳이 있기 했지만, 자유롭게 오갈 수 있을 만큼 충분한 것도 아니었다. 공사를 한다며 파헤쳐진 길이나, 물건이 쌓여 있어 지나가기 힘든 길, 경사진 길을 살 때면 3월의 쌀쌀한 날씨에도 예나의 등에서는 땀이 났다. 수빈이를 교실로 데려다 주고 오니 팔이 뻐근했다.

'어유, 정말 힘들다. 수업 끝나고 나서 이 일을 또 해야 하다니…….'

이제의 깁작스런 선택이 조금은 후회스럽기노 했다. 그렇지만 할 수 없었다. 그 때의 상황에서 갑자기 그만두겠다고 할 수도 없었고, 그렇다고 혼자서만 쏙 빠져 나와 도망을 칠

수는 더더욱 없는 노릇이었다.

　점심 시간에 우혁이가 찾아왔지만, 예나는 할 일이 있다면서 억지로 돌려 보냈다. 우혁이에게 이번 일에 대해서 어떤 이야기도 하고 싶지 않았기 때문이다.

　수업이 끝나고 나서 수빈이를 집에 데려다 주었다. 수빈이는 주머니에서 열쇠를 꺼내 예나에게 건넸다. 수빈이 엄마는

아직 퇴근 전이었고, 집은 텅 비어 있었다. 예나는 수빈이의
가방을 꺼내 책상 옆에 놓고, 수빈이의 겉옷을 벗겨 주었다.

"언니, 고마워!"

수빈이는 조용하게 말했다. 예나는 수빈이의 말에 어떤 대
꾸도 할 수 없었다. 진심으로 한 일도 아닌데 겸손하게 아니
라고, 괜찮다고 할 수도 없고, 그렇다고 정말 힘들었다고 엄

살을 떨 수도 없는 노릇이었다.

　예나는 수빈이의 집을 나와 바로 집으로 향했다. 오늘은 영어 학원에 가는 날이었지만 너무 힘이 들었고, 하람이와 부딪치기가 싫어서 그냥 집으로 가기로 했다. 열쇠로 현관문을 열고 들어와 보니 역시 커튼은 굳게 닫혀 있었다. 시계를 보니 3시였다.

　예나가 수빈이를 도와 등하교를 한 지 사흘째 되는 날은 일찍부터 예림이가 수빈이네 집 앞에서 기다리고 있었다. 예림이와 함께 하니 많이 수월했다.

　"언니, 아이들 분위기가 달라졌어. 아마 조금 더 있으면 스스로 하겠다는 아이들이 나타날 것 같아."

　"그래? 다행이네."

　예나는 여전히 무덤덤하게 말했다.

　"하람이가 언니한테 좀 미안해 하는 것 같아. 아이들한테 언니는 책임감이 있어서 맡은 일을 잘할 거라고, 자기도 언니가 그런 사람인 줄 알았다고 막 떠들더라. 어제는 나한테 슬쩍 자기는 월, 수, 금요일에는 학원에 가느라고 안 되고, 화요일이랑 목요일에 도우미 하면 안 되냐고, 꼭 매일 해야 되냐고 물어 보더라고.”

워낙 명랑한 성격인 예림이가 수다스럽게 떠들었지만 예나는 아무 말이 없었다.

그렇게 훌쩍 5일이 지났고, 토요일이 되었다. 여전히 도우미는 예나와 예림이 둘뿐이었다. 그렇지만 수빈이네 반 아이들의 분위기는 처음과는 확실히 달라져 있었다. 모두들 예나가 하루, 이틀 정도 하고 나면 힘들어 그만둘 줄 알았는데, 일주일이 다 되도록 계속 도와 주는 것에 놀라는 눈치였다. 그리고 어제의 학급 회의에서는 그 동안 예나가 고생을 했으니 이젠 우리가 그 일을 해야 되지 않겠냐는 의견도 꽤 많은 찬성표를 얻었다.

수업이 끝나고 변함 없이 예나와 예림이는 수빈이를 집까지 데려다 주었다. 토요일이었지만 수빈이네 엄마는 아직 퇴근을 하지 않아서 집은 비어 있었다. 둘은 수빈이를 거실 소파에 앉히고 겉옷을 벗겨 옷걸이에 걸었다. 그리고 예나는 자신이 집에서 하는 것처럼 보조 가방에서 실내화를 꺼내 빨래통에 넣었다. 그 때였다.

“언니, 실내화 다시 가방에 넣어 줘.”

수빈이가 외쳤다.

"왜? 빨아야 하잖아."

"그 실내화 빨지 않아도 돼. 더럽지도 않은 걸, 뭐."

'아, 그렇지? 그 생각을 못했구나.'

예나는 조심스럽게 실내화를 꺼내서 다시 가방에 넣었다. 예나의 당황하는 모습을 본 예림이가 얼른 웃으며 수빈이를 향해 말했다.

"호호호! 정말 그렇구나. 넌 실내화 안 빨아도 돼서 좋겠다. 난 토요일마다 내가 빨아야 하는데……."

"나도 더러워진 실내화를 한 번 빨아 봤으면 좋겠어."

수빈이는 덤덤하게 말했지만 예림이도 예나도 몸 둘 바를 몰랐다. 그러고는 서둘러 수빈이네 집을 나왔다.

그 날 내내 예나는 찜찜한 기분을 털어 버릴 수가 없었다.

'왜 난 수빈이의 실내화가 더러워지지 않는다는 생각을 못했을까? 하긴 누구라도 못했을 거야. 자기에게 닥친 일이 아니니까. 내가 잘못한 건 아니지, 뭐.'

이렇게 스스로 위로하다가도 금세 후회가 밀려왔다.

'조금만 더 생각했으면 알 수 있었을 텐데……. 내가 조금만 더 수빈이의 입장을 생각했더라면…….'

그러다 예나는 그런 자신의 모습에 깜짝 놀라고 말았다.

'내가 지금까지 다른 사람의 입장에서 생각을 해 본 적이 있었나?'

자신에게 던진 질문에 예나는 고개를 절레절레 젓고 말았다. 정말로 그런 적이 단 한 번도 없었던 것 같았다.

고민을 들어 드립니다

월요일 아침, 예나는 여느 날과 다름없이 등교 길에 수빈이네 집에 들렀다. 그런데 수빈이네 집 앞에 여자 아이 두 명이 서 있었다. 가까이 가서 보니 지난 번 교실에서 잡담을 하며 떠들던 그 아이들이었다. 아이들은 멀찍이서 다가오는 예나에게 손을 흔들었다.

"너희들이 웬일이야?"

예나는 표정 없이 물었다.

"언니, 오늘부터는 우리도 도울 거야. 매일 언니 혼자 하면 힘들잖아."

"그래? 고맙다."

예나는 두 아이들이 너무나 반갑고 고마웠다. 그렇지만 그런 마음을 들키기라도 할까 봐 더욱 무표정하게 말했다. 그날은 두 명의 아이들 덕분에 여느 날보다 훨씬 수월하게 학교에 갈 수 있었다.

예나가 아이들과 함께 휠체어를 밀며 교실로 들어서자 5학년 1반의 회장이 자리에서 벌떡 일어나 말했다.

"예나 누나, 내일부터는 안 와도 돼. 우리 반 애들끼리 이미 조를 다 짜 놨어. 이젠 우리끼리 할게."

'다행이다. 그 동안 힘들었는데…….'

예니는 수빈이를 자리까지 네려다 주며 생각했다.

"언니, 많이 힘들었지? 언니 때문에 친구도 많이 생기고 학교 오기는 길이 더 즐거워졌어. 정말 고마워."

수빈이가 고개를 뒤로 돌리며 말했다. 갑자기 예나의 마음속에서 뜨거운 무엇인기기 느껴졌다. 예나는 급하세 고개를 돌리고 문 쪽으로 걸어 나왔다. 바로 그 때였다.

"자, 지금까지 고생을 많이 한 예나 누나에게 박수!"

회상의 복소리였다. 곧이어 우레와 같은 박수 소리가 들렸다. 예나는 시둘러 교실을 향해 갔다. 아이늘에게 자신의 노력을 인정받았다는 뿌듯함과 함께 부끄러운 마음이 들었다.

'수빈이의 고맙다는 인사와 아이들의 박수, 도대체 내가

그런 것들을 받을 만한 자격이 있나?'

이런 생각을 하면 할수록 부끄러운 마음은 더 커져만 갔다.

이 일은 곧 학교 전체에 소문이 났다. 그 소문을 들을 때마다 예나는 어디론가 숨고만 싶어졌다. 특히 '수빈이의 장애를 안타까워하던 예나가 스스로 도우미가 되었다.'라는 이야기는 사실과 달라도 한참 다른 이야기였다.

쉬는 시간, 화장실을 다녀오던 예나는 작년에 같은 반이었던 승호와 마주쳤다. 작년에 예나는 1학기 회장, 승호는 2학기 회장을 했다. 지금도 예나는 1학기 회장 선거에시 떨어졌던 승호의 모습을 또렷하게 기억한다.

"너 도대체 애들한테 뭘 한 거야? 대체 뭘 어떻게 해서 그렇게 몰표를 받은 기냐고?"

승호는 대꾸도 안 해 주는 예나를 졸졸 따라다니며 이렇게 따져 물었다. 예나는 귀찮다는 듯, 승호의 말을 무시해 버렸다. 그것 때문에 화가 많이 난 승호가 지금까지도 예나의 단점을 들추어 내 험담을 하고 다닌다는 것을 아는 아이들은 모두 알고 있었다.

"위예나, 너 엄청 유명해졌더라."

예나는 말없이 자리를 피하려 했다.

"아주 방법도 가지가지야."

승호의 빈정대는 말에 예나는 갑자기 화가 치밀어올랐다.

"무슨 소리야?"

"비록 1학기 회장은 놓쳤지만 2학기 전교 회장은 한 번 해야겠다, 뭐 그런 거 아니야?"

예나는 아무 말 없이 승호를 노려보았다.

"아니라고는 안 하네. 전교 회장 한 번 해 보겠다고 평소에 안 하던 봉사를 다 하고……. 참 고생이 많다. 정말 웃기는 일이야."

승호는 빈정대며 교실로 들어갔다. 예나는 당장이라도 쫓아가 따지고 싶었지만 그럴 수 없었다. 승호에게 따지기에는 아직 마음 속에 있는 부끄러움이 너무 크기 때문이었다.

수업이 끝나고 예나는 바쁘게 가방을 챙겼다. 하루 종일 부끄러운 마음과 씨름을 했던 탓에 얼른 집으로 가서 편하게 쉬고 싶은 마음이 간절했다. 막 교실 문을 나서려는데 우혁이가 예나를 불렀다.

"예나야, 오늘 학원에 가니?"

예나는 고개를 가로저었다.

"그러면 나하고 이야기 좀 하자."

"지금? 집에 가야 하는데⋯⋯."

"나도 집에 가야 해. 집에 가기 전에 잠깐만 너한테 할 이야기가 있어서 그래."

우혁이가 그냥 예나를 보내 줄 것 같지 않았다. 예나는 말 없이 우혁이를 따라 운동장으로 나갔다. 벤치에 자리를 잡고 앉은 우혁이가 기분 좋게 웃으며 말했다.

"예나야, 수빈이 도우미 일 말이야, 정말 대단했어. 사실 난 네가 갑작스럽게 결정한 거라서 조금 걱정했었거든. 그런 네 너무 훌륭하게 잘 해내서 내가 다 뿌듯하다. 역시 너의 생각이 옳았다는 게 증명되었잖아. 난 네가 이렇게 잘 해낼 줄 알았어."

"그렇게 대단한 일 아니야."

"으이그, 겸손하기까지⋯⋯. 넌 정말 대단하다니까. 아참, 내가 지금 하려는 말은 그게 아니라, 우리 이제 다른 걸 좀 해 보자."

"뭐?"

예나는 조금은 귀찮은 표정으로 물었다.

"고민을 들어 드립니다."

"뭐? 뭘 들어 줘?"

"'고민을 들어 드립니다.'라는 이름을 붙인 상자를 마련해서 아이들의 고민을 적어 넣게 하는 거야."

예나는 씁쓸하게 웃었다. 아니, 예나의 웃음은 거의 비웃음에 가까웠다. 우혁이는 그런 예나의 표정을 못 본 척하며 눈을 동그랗게 뜨고 물었다.

"좋은 생각이라고 생각하지 않아?"

우혁이의 기대에 찬 표정과는 달리 예나는 한숨을 쉬며 말했다.

"너 같으면 그 상자에 고민을 적어서 넣을 것 같니? 나라면 절대 안 해. 그리고 누군가가 고민을 털어놓는다면 그 고민을 어떻게 해결해 줄 건데?"

우혁이는 여전히 웃으며 말했다.

"너 '임금님 귀는 당나귀 귀' 알지?"

"옛날 이야기 말이야?"

우혁이가 고개를 끄덕였다.

"그야 알지."

대답을 하고 나서야 우혁이의 말이 무슨 뜻인지 대충은 알 것 같았다.

"걱정거리가 있는 사람들은 그 걱정을 어떻게든 털어 내고 싶어하잖아. 그리고 그렇게 털어놓는 것만으로도 마음이 시원해지고 말이야. 그러니까 우리가 고민을 들어 주는 대나무 숲이 되자는 거야. 그래서 '고민을 들어 드립니다.'잖아, '고민을 해결해 드립니다.'가 아니라……."

"그렇지만 해결해 주지도 않을 고민을 그냥 듣고만 있겠다는 건 너무 무책임하지 않니?"

"그건 아니지. 내 말은, 듣지도 않은 고민을 어떻게 해결할지 미리 머리를 싸맬 필요는 없다는 거야. 일단 들어 보고 나서 그 다음에 생각해도 늦지 않다는 거지. 뭐 그 때 가서 도저히 우리 힘으로 해결하기 힘들면 든든한 지원군을 찾아가면 되잖아. 김지훈 선생님!"

우혁이는 자신 있는 표정으로 말했다. 우혁이의 얼굴을 보니 말려도 소용 없을 것 같았다. 그리고 지금의 예나는 그 이야기를 더 들어 줄 마음의 여유도 없었다.

"그럼 네 마음대로 해."

"알았어. 내 마음대로 하면 되는 거지? 너도 내 생각에 찬성한 거다."

　우혁이는 싱글벙글 웃으며 자리에서 일어섰다. 예나는 그런 우혁이의 모습에 고개를 절레절레 저었다.

　다음 날, 예나와 우혁이는 '고민을 들어 드립니다.'라고 적힌 상자를 학교 곳곳에 놓으러 다녔다. 둘의 행동이 궁금해서 들여다보던 아이들은 저마다 한 마디씩 던졌다.
　"누가 이런 데다 고민을 이야기하겠어?"
　"맞아! 부끄럽잖아."
　"만약에 고민을 털어놓으면 쟤네들이 다 볼 거 아니야."

그래도 이렇게 한 마디씩 하는 아이들은 관심이라도 있는 아이들이었다. 아예 들여다보지도 않고 지나치는 아이들이 더 많았다.

"아무래도 헛수고하는 것 같다."

예나는 마지막 상자를 내려놓으며 말했다.

"이 일이 헛수고가 될지, 아닐지는 두고 봐야 알지."

여전히 우혁이는 자신감에 넘쳐 있었다. 예나는 그런 우혁이를 이해힐 수 없다는 듯 고개만 저었다.

친구 입장에서 생각해 봐

상자를 놓아 둔 지 나흘이 지났다. 우혁이와 예나는 매일 한 번씩 상자를 열어 보았다. 그렇지만 그런 우혁이와 예나를 비웃기라도 하듯 상자는 매번 텅 비어 있었다.

"후유, 생각보다 아이들의 반응이 늦네."

우혁이도 서서히 실망스러운 표정이 되어 갔다.

"글쎄, 내 생각엔 말이야."

예나가 이야기를 꺼내려 하자 우혁이가 급하게 말을 가로막았다.

"앞으로도 계속 텅 비어 있을 거라는 말이라면 하지 마."

예나는 웃음이 나왔다. 그런 우혁이의 행동이 마치 소풍 전날, 누군가가 '내일 비가 올 것 같아.'라고 말할까 봐 동동

거리는 것처럼 보였기 때문이다.

　다음 날 아침 교실 문을 열고 들어가던 예나는 교실 안의 분위기가 심상치 않다는 것을 느꼈다. 아이들이 삼삼오오 모여 뭐라고 수군대고 있었고, 수업 시작 시간이 다 되도록 시우의 자리가 비어 있었다.

　"이미 소식을 들은 사람도 있겠지만 오늘 시우가 학교에 못 나왔어요. 어제 교통 사고를 당해서 아마 앞으로도 한동안은 학교에 나오지 못할 거예요. 어제 저녁에 연락을 받고 급하게 달려가 봤는데, 다리를 많이 다친 것 같아요. 병 문안 갈 사람들은 선생님한테 이야기하세요. 병원과 병실을 알려 줄 테니까……."

　선생님이 시우가 결석한 이유를 설명했다.

　'아, 그래서 아침부터 교실 분위기가 어수선했구나.'

　예나는 혼자 고개를 끄덕이며 책을 꺼냈다.

　1교시가 끝나고 쉬는 시간이 되었다. 교실 문 앞에서 우혁이가 조용히 예나를 불렀다.

　"예나야, 시우가 교통 사고 났다며?"

　"네가 어떻게 알아?"

"아까 너희 반 아이 한 명이 우리 반에 와서 이야기하더라. 내가 4학년, 5학년 내내 시우랑 같은 반이었잖아."

"그래?"

"수업 끝나고 병원에 가 보자."

우혁이의 말에 예나는 고개를 갸웃거렸다.

"너 시우랑 친해?"

"뭐, 아주 친한 편은 아니지만 그래도 2년이나 같은 반이 었는데…….."

"난 시우랑 별로 안 친해."

예나가 심드렁하게 말했다.

"지금 친하고 안 친하고를 따질 때야? 교통 사고가 났다는데, 다리를 다쳤다는데 얼마나 아프고 힘들겠냐? 게다가 넌 같은 반이잖아. 가 보는 게 당연하지."

우혁이는 전에 없이 화난 목소리로 말했다. 예나는 잠깐 자신이 무슨 잘못이라도 했나 생각해 보았다. 뭐, 그리 잘못한 것 같지도 않은데, 우혁이가 이런 반응을 보이니 괜히 머쓱해졌다.

"6학년 바른생활부장들 모아서 같이 가자. 알았지?"

우혁이는 예나가 대답할 틈도 안 주고 뒤돌아 가 버렸다.

'쳇, 뭘 그렇게 유난스럽게 굴어?'

예나는 여전히 우혁이를 이해할 수 없었다.

교문으로 나가니 우정이를 뺀 나머지 6학년 바른생활부장
들과 우혁이가 모여 있었다.

"우정이는 왜 안 왔어?"

예나가 아이들을 둘러보며 우혁이에게 물었다.

"몰라. 같이 가자고 했더니, 자기는 뭐 시간도 없고 할 일
도 많다나……. 어찌나 씰씰맞게 이야기하는지 무안해서 혼
났어."

우혁이 대신 한솔이가 대답했다. 순간 예나의 머릿속에는
지난번 전교 바른생활부장 선거에서 떨어져 실망하던 우정이
의 얼굴이 떠올랐다.

'아마 전교 바른생활부장이 되지 못해서 실망했던 모양이
네. 하긴 지금까지 한 번도 자치부 부장을 못해 봤던 아이니
까 욕심이 나기도 했겠지. 그러고 보니까 자기 뜻대로 안 되
었다고 쌀쌀맞게 구는 게 나랑 비슷하네?'

예나의 입가에 쓸쓸한 미소가 지어졌다.

아이들은 시우가 입원해 있다는 병원으로 향했다.

"그런데 꼭 우리 모두 이렇게 몰려가야 하는 거야? 너무 요란스럽게 보이지 않을까?"

예나는 조금은 불만 섞인 투로 말했다.

"내가 3학년 때 식중독으로 입원한 적이 있었거든. 그 때 선생님하고 아이들이 병문안을 왔는데 너무 고마운 거야. 별로 안 친한 친구들이 왔는데도 어찌나 반가운지…… 그래서 나도 누가 아프다고 하면 설령 모르는 아이라고 하더라도 무조건 찾아가기로 했어."

우혁이는 싱글거리며 말했다. 시우가 입원한 병원은 학교와 그리 멀지 않은 곳에 있었다.

"어? 우혁아, 예나야! 너희들 모두 왔어?"

시우가 천장에 연결된 끈에 깁스한 다리를 매단 채 웃어 보였다.

"당연히 와 봐야지. 많이 아프니?"

"지금은 좀 괜찮아. 처음에는 많이 아팠
는데……."

"그런데 어쩌다가……."

우혁이는 안타까운 표정으로 시
우의 다리를 어루만지며 물었다.

"어제 엄마 심부름으로 슈퍼마
켓에 갔었거든. 심부름을 마치
고 집으로 가는데, 횡단
보도에서 그만……. 그
런데 수변에 사람들이
없어서 그랬는지 그대로
내뺐지 뭐야."

"그럼 뺑소니야?"

우혁이의 질문에 시우는 고개를 끄덕
였다.

시우는 아버지가 안 계시
는 아이였다.

아버지는 시우가 어릴 적에 사고로 돌아가시고 어머니가 집안 살림을 모두 꾸려 가고 있었다. 그런데 뺑소니라니……. 그렇다면 사고를 당하고도 치료비를 고스란히 시우네가 물어야 할 형편이었다.

"지금 검사를 몇 가지 해 놓았는데, 다리 말고 다친 데가 없으면 퇴원할 거야. 깁스를 하고서도 목발만 짚으면 학교에 다닐 수 있대."

시우는 애써 웃고 있었지만 듣고 있는 아이들은 웃을 수가 없었다. 모두들 시우가 병원비 때문에 일찍 퇴원하려 한다는 것을 눈치채고 있었다.

"얘들아 나한테 좋은 생각이 있어."

집으로 가는 길에 예나가 아이들을 길 한쪽에 모아 세웠다. 아이들은 궁금한 표정으로 예나를 쳐다보았다.

"모금 운동을 하는 거야. 시우네 집안 형편이 별로 좋지 않다는 건 모두들 알고 있잖아. 모르긴 해도 병원비 때문에 일찍 퇴원하려는 것 아니겠어? 그러니까 우리가 돈을 모아서 주는 거야."

다른 바른생활부장들은 고개를 끄덕이는데 유독 우혁이는

뭔가를 생각하는 얼굴이었다.

"우혁아, 왜 그래?"

"글쎄, 그게 좋은 방법인지 아닌지 잘 모르겠다."

"그럼, 지금 시우한테 가장 필요한 게 뭐겠어? 바로 병원비라고…….'

예나의 확신에 찬 태도에 우혁이는 조심스레 말을 꺼냈다.

"지금 시우한테 가장 필요한 게 정말 병원비일까?"

"당연하지. 우혁아, 어쩌면 우리 바른생활부에 절호의 찬스가 온 건시도 몰라. 모금 운동을 하면시 바른생활부가 좋은 일을 한다는 것을 더 알릴 수도 있잖아."

예나는 단호하게 말했고, 나른 바른생활부상들은 예나의 말에 고개를 끄덕였다. 우혁이는 더 이상 아무 말이 없었다.

"좋이! 이무 말 없으면 찬성한 길로 생각하겠어."

예나는 스스로의 생각에 너무나 만족했다. 그러고는 집에 도착하자마자 상자를 구해 모금함을 만들었다. 모금함의 앞면에는 큰 글씨로 '바른생활부'라고 적어 넣기까지 했다.

다음 날 아침, 예나와 6학년 바른생활부상 3명이 교문 앞에 모금함을 들고 섰다. 등교를 하는 아이들이 모두 다가와 모금함을 한 번씩 쳐다보았다. 그 중에는 용돈으로 받은 동전을 넣는 아이들도 있었지만, 그냥 지나가는 아이가 대부분이었다.

출근을 하던 선생님들도 그런 예나와 아이들의 모습을 유심히 쳐다보긴 했지만, 모두들 그대로 교무실로 향했다.

"선생님들한테도 모금 좀 해 달라고 말해야 하는 것 아니야?"

한솔이가 예나에게 물었다.

"어차피 오늘 하루만 할 것도 아닌데, 뭐. 내일쯤이면 선생님들도 해 주실 거야."

예나는 당당하게 한솔이에게 말했다.

"어, 언니? 이게 웬 모금함이야?"

하람이가 수빈이의 휠체어를 밀고 들어오다가 예나에게 다가왔다.

"어, 우리 반 시우라는 애가 병원에 입원했거든. 그런데 시우네는 아버지도 안 계시

고, 형편도 좋지 않아서 우리가 병원

비를 모금하는 거야.”

　“병원비는 사고낸 사람이 물어주

는 것 아니야?”

　하람이는 고개를 갸웃거리며 물었다.

　“물론 당연히 그렇게 해야 하는데, 그 사람

이 뺑소니를 쳤대. 그래서 시우네가 병원비를 몽땅 물

어야 하는 처지인가 봐.”

　“아이고, 나쁜 사람 같으니라고……. 그나저나 언

니 좋은 일 많이 한다.”

　하람이는 주머니를 뒤져 동전을 넣고는 휠

체어를 밀고 교실로 들어갔다. 예나는 기분

이 좋았다. 그런데 그 때였다.

　“너, 이거 교장 선생님께 허락 받고 하

는 거야?”

　승호였다.

　“넌 친구를 돕는 것도 일일이 허락

받고 하니?”

　예나는 날카롭게 쏘아붙였다.

"돈을 걷는 거잖아. 아이들한테 돈을 걷는 건데 당연히 허락을 받아야지."

"모금 안 할 거면 그냥 가. 괜히 분위기 흐리지 말고⋯⋯."

승호는 다시 한 번 예나를 뚫어져라 노려본 뒤 교실로 들어갔다.

'웃기는 애야. 그렇게 시비 걸 게 없나?'

예나는 승호의 뒷모습을 보며 이렇게 생각했다.

수업이 시작되기 전까지 약 30분 동안 모금을 하고 나서 예나는 기분 좋게 첫 시간 수업을 받았다. 어쩐지 선생님이 걱정스러운 표정으로 예나를 쳐다보는 것도 같았지만, 예나는 그저 시우의 빈 자리 때문에 그런 것이려니 생각했다.

1교시 수업이 끝나고 나자 쉬는 시간을 알리는 종소리와 함께 스피커에서 이런 소리가 들려 왔다.

"6학년 4반 위예나, 6학년 5반 서우혁, 교무실로 오세요."

방송에서 예나의 이름이 흘러 나오고 있었다.

'착한 일 했다고 칭찬해 주시려고 그러나?'

예나는 내심으로 흐뭇해 하며 교무실로 내려갔다. 교무실 앞에는 우혁이가 먼저 와 있었다.

"우혁아, 왜 그러는지 알아?"

우혁이는 고개를 가로저었다. 그 때 바른생활부 선생님과 교장 선생님이 걸어오는 게 보였다. 예나와 우혁이는 꾸벅 인사를 했다.

"얘들아, 휴게실로 가자."

선생님의 표정은 딱딱하게 굳어 있었다.

"너희들이 좋은 일을 하겠다는 건 좋은데, 엄밀하게 말해서 이건 교칙 위반이야."

"네에?"

예나와 우혁이는 깜짝 놀랐다.

"학교 안에서 돈을 걷으려면 먼저 학교의 허락을 받아야 하는 거야. 그런데 너희들 마음대로 이렇게 하면 어떡하니? 교칙을 위반하면 벌을 받는다는 건 알고 있겠지?"

교장 선생님이 호되게 꾸중을 했다.

'승호가 일러바친 게 틀림없어. 홍승호, 너 두고 보자.'

예나는 마음 속으로 주먹을 불끈 쥐었다. 승호의 고자질 때문에 선생님한테 꾸중을 듣다니, 성말 억울해서 가슴이 터질 것만 같았다.

"어쨌든 나쁜 뜻으로 한 일은 아니니까 벌을 주는 건 너무

심하고, 아침에 걷은 모금함은 가지고 오너라. 거기에 선생님들이 좀 더 보태서 시우의 병원비로 주는 게 좋을 것 같다."

교장 선생님은 먼저 말을 끝내고 교장실로 들어갔다.

"예나야, 우혁아! 이런 일이라면 먼저 나한테 말했어야지. 바른생활부가 시우를 돕겠다고 나선 것은 아주 좋은 일이야. 그렇지만 이런 일은 바른생활부에서 먼저 제안을 한 뒤에 학교 전체가 함께 했어야 하는 거야. 그렇게 했으면 순서에도 맞고 바른생활부의 위상도 높아졌을 거야. 이번 일은 너희들이 너무 경솔했다. 그러니까 속상해 하지 말고 교장 선생님 말씀대로 해."

바른생활부 선생님의 이야기를 들으니 예나의 억울한 마음이 조금은 누그러지는 것 같았다. 그렇지만 마음이 완전히 풀린 것은 아니었다. 지금까지 예나가 앞장서서 한 일 중에 결과가 좋지 못했던 일은 몇 번 되지 않았다. 게다가 오늘처럼 선생님한테 혼이 난 적은 더더욱 없었다. 예나는 온몸의 기운이 쭉 빠졌다.

모금함 사건이 있고 1주일 뒤, 시우는 목발을 짚고 학교에 나왔다.

선생님들로부터 병원비를 건네 받은 시우는 이미 아이들에게서 모금함 사건을 들어서 알고 있었다.

"예나야, 나 때문에 고생했다고 들었어. 생각해 줘서 정말 고마워."

"당연한 거지, 뭘."

예나는 그래도 시우가 자신의 뜻을 알아줘서 다행이라는 생각이 들었다.

"예나야! 지금부터 내가 하는 말, 서운하게 듣지는 마."

예나는 웬지 모르게 가슴 한쪽이 뜨끔했다.

"내가 정말 병원비가 필요해서 너희들한테 모금이라도 부탁하고 싶었을 것 같니? 네가 내 입장이라면 어땠을지 생각해 봤어? 나 솔직히 모금함 이야기 듣고 고맙기도 했지만, 한편으로는 속상하기도 했어."

시우가 심각하게 말했다. 예나는 의외의 이야기에 머릿속이 멍해져 왔다. 고맙기도 했지만 속상하기도 했다는 시우의 말이 예나를 혼란스럽게 만들었다.

'자기 입장에서 생각해 보라고?'

그 날 하루 종일 예나의 머릿속에 이 질문이 맴돌았다. 일기를 쓰고 잠을 자려고 누운 순간까지 시우의 목소리가 잊

혀지지 않았다.

'내가 시우의 입장이라면 어땠을까? 한 번도 상상하지 못
했던 끔찍한 사고를 당했고, 꼼짝 못하고 누워서 하루 종일
아픈 환자들만 쳐다보고 있게 되었다면 난 어땠을까? 게다가
뺑소니 사고라 치료비도 받지 못하고 혼자서 일하시는 엄마
한테 무거운 짐을 지워 드렸다면…….'

생각은 꼬리에 꼬리를 물고 이어졌다. 그러다 예나는 침대
에서 벌떡 일어났다.

'자존심이 상했겠구나. 분명 모금을 하게 되면 좋지 않은
집안 형편까지 알려졌을 거라는 생각이 들었겠지. 하긴 나도
모금을 하러 오는 아이들에게 시우에게 아버지가 안 계시고,
집안 형편도 무척 어렵다는 이야기를 아무 생각 없이 했었어.
내가 시우였다면 얼마나 기분이 나쁘고 속상했을까? 시우에
게 정말 필요한 건 단순히 돈이 아니었을 거야. 내가 시우처
럼 매일 아픈 사람들 사이에서 천장만 바라보고 누워 있어야
했다면 무엇보다 찾아와 주는 친구가 가장 고마웠을 거야. 왜
이 생각이 이제야 나는 거야?'

예나는 자기도 모르게 주먹으로 머리를 치고 있었다. 모금
만 하면 된다는 것이 얼마나 이기적이고 경솔한 행동이었나

를 생각하니 지난 시간들을 몽땅 되돌리고 싶었다.

'내가 누군가를 돕는다는 건 내 생각으로만 하는 게 아니었어. 남을 도울 때도 돕는 사람의 입장에서만 볼 것이 아니라, 도움 받는 사람의 입장에서 생각하고 행동해야 하는 것이었는데…….'

뒤늦게 후회해 봐야 소용이 없다는 것을 이미 예나도 알고는 있었다. 그렇지만 그 말을 직접 몸으로 느낀 것은 아마도 오늘이 처음인 것 같았다.

나를 믿어 주는 친구를 위해

후회와 반성으로 잠을 설친 예나는 힘없이 복도를 걸어가고 있었다. 그 때, 뒤에서 우혁이가 활기찬 목소리로 예나를 불렀다.

"예나야, 좋은 아침!"

예나는 힘없이 뒤를 돌아보았다.

"왜 그래? 모금함 때문에 선생님한테 혼나서 아직도 우울한 거야?"

예나는 고개를 가로저었다.

"좋은 소식이 있어."

"뭔데?"

"드디어 고민이 들어왔어."

우혁이는 쪽지 한 장을 내밀었다. 예나는 얼른 받아 내용을 읽어 보았다.

나는 얼마 전부터 한 여자 아이 때문에 마음이 설레어 왔다. 그 아이의 웃는 얼굴, 화내는 얼굴, 심지어 뒷모습만 봐도 가슴이 떨린다. 그렇지만 그 아이에게 말도 건넬 수가 없다. 이런 나의 소심한 성격에 화가 난다. 얼마 전에는 가까운 친구에게 이야기를 해 보았지만, 비웃기만 했다. 아, 짜증난다.

"이게 뭐야? 몇 학년인지 몇 반인지노 안 적어 놓고, 어떻게 해결을 하라는 거야?"

예나는 나 읽은 쪽지를 우혁이에게 건네며 물었다.

"어유, 너라면 몇 학년인지 몇 반인지 솔직하게 적겠니?"

우혁이는 답답하다는 표정이었다.

"하긴……. 그런데 누가 쓴 건지 모르면 해결해 줄 수도 없잖아."

"누군지 몰라도 해결해 줄 수 있지."

우혁이는 짧지만 강하게 대답했다. 하지만 예나는 여전히 영문을 모르겠다는 표정이었다.

"넌 지금 이 문제가 이 아이 한 명의 문제라고 생각하니?"

"뭐, 비슷한 고민을 하는 아이들이 아마 있긴 있겠지. 그렇지만 여기에 적혀 있는 내용은 이 아이만의 고민인 것은 사실이잖아."

"네 주변에 있는 가까운 친구들을 한 번 생각해 봐. 좋아하는 남자 친구, 여자 친구 한 명 없는 아이가 어디 있어? 그렇지만 모두들 부끄럽고 쑥스러워서 말을 못하잖아. 그저 가까운 아이들한테만 겨우 말하고……."

"그래서 지금 어떻게 해결하자는 거야?"

"그걸 너와 함께 생각해 보자는 거지. 헤헤! 넌 언제나 좋은 생각을 잘하잖아."

"알았어. 생각해 볼게."

예나는 고개를 절레절레 저으며 교실로 들어섰다. 그리고 같은 반 아이들을 한 번 쭉 둘러보았다. 그러고 보니 원준이는 아람이를 좋아하고, 아람이는 선재를 좋아하고, 선재는 희원이와 솔이 사이에서 고민하고 있었다. 그걸 솔직하게 이야기하는 아이들도 있고, 어쩌다 소문이 나서 괴로워하는 아이들도 있고……. 참 이성 친구 문제 때문에 고민하는 아이들이 많기는 많았다.

수업이 끝나고 학원에 가 보니, 이성 친구 문제가 학교의 문제만도 아니었다. 좁은 학원에서도 누가 누굴 좋아하고, 좋아하는 아이에게 선물과 편지를 보냈다가 퇴짜를 맞고……, 이런 일들이 간혹 벌어지곤 했으니까.

예나는 집으로 돌아오는 내내 곰곰이 생각해 보았다.

'내가 그 아이의 입장이 되어서 생각해 보자. 내가 누군가를 좋아하는데 소심해서 말도 잘 못하고, 어떻게든 마음은 전하고 싶다면 난 주변 사람들이 어떻게 도와 주기를 바랄까?'

예나의 머릿속에서는 종일토록 이 생각이 떠나질 않았다. 그런데 저녁 식사를 마치고 일기를 쓰려다가 갑자기 떠오르는 일이 있었다.

얼마 전이었다. 청소가 끝난 뒤 예나가 화장실에 들렀다 막 교실로 들어가려 할 때였다. 아이들이 가고 없는 빈 교실에서 두 아이가 이야기를 나누는 소리가 들렸다.

"나, 선재 좋아하는 거 알아?"

"그럼, 벌써 눈치채고 있었지."

"선재한데 좋아한다고 이야기하고 싶은데 못하겠어. 쑥스러워서……."

"당연하지. 그 이야기를 어떻게 하냐?"

예나가 엿들으려 한 것은 아니었지만, 둘이 비밀 이야기를 하는 것이 분명했기 때문에 불쑥 교실로 들어갈 수가 없었다.

"아유, 나도 모르겠다. 누가 대신 이야기라도 해 줬으면 좋겠는데……. 네가 좀 해 줄래?"

"하하하! 유치하게시리……."

곧 이어 얼굴이 빨개진 아람이와 키득거리는 표정의 은수가 교실에서 나왔다. 예나는 모른 척하고 이제 막 교실로 들어가려는 것처럼 행동했다.

'그래, 대신 해 주는 거야. 만약에 내가 누굴 좋아하는데, 나는 도저히 말할 용기가 없다면 누군가에게 대신 해 달라고 부탁하고 싶을 거야. 그렇지만 그 친구가 날 비웃을까 봐 걱정이 되겠지? 그러니까 우리가 그 일을 비웃지 않고 즐겁게 해 주는 거야.'

예나는 생각만으로도 입가에 웃음이 번졌다. 내일 우혁이에게 이 이야기를 들려 줄 생각을 하니 벌써부터 기분이 좋아졌다.

예나는 아침 일찍 우혁이네 교실로 찾아갔다. 갑작스런 예나의 방문에 우혁이는 깜짝 놀라며 허겁지겁 달려 나왔다.

"무슨 일이야?"

"음, 어제 그 고민 쪽지 말이야, 좋은 생각이 있어서……."

우혁이의 얼굴엔 금세 웃음이 번졌다.

"정말? 어떤 생각인데?"

예나는 어젯밤에 생각한 것을 우혁이에게 말했다.

"정말 좋은 생각이야. 그런데 기왕이면 그냥 말로만 전하는 게 아니라 떠들썩하게 이벤트까지 벌이면 아마 서로 덜 쑥스럽고 좋지 않을까?"

우혁이는 그 날 수업이 끝나자마자 바른생활부장들을 모아 회의를 했다. 그리고 고민 쪽지의 내용과 예나의 의견을 전했다. 우정이만 시큰둥할 뿐 다른 아이들은 무척 열성적인 반응이었다.

"어머, 너무 좋아! 우리 학교에서 이런 이벤트를 볼 수 있다니! 애들이 정말 좋아할 거야! 그런데 나도 신청해도 되나? 호호호!"

예림이가 손뼉까지 치면서 호들갑스럽게 말했다. 우혁이는 고개를 끄덕였다. 아이들은 너나 할 것 없이 이런저런 의견들을 쏟아 냈다.

"노래도 불러 주면 더 좋을 것 같아."

노래를 잘 부르기로 유명한 한솔이가 말했다.

"짝사랑하는 아이에게서 편지를 먼저 건네 받은 뒤에 우리가 낭독해 주는 건 어떨까?"

"주고 싶은 선물이 있으면 그것도 함께 전해 주는 거야. 아마 받는 아이의 마음이 많이 흔들릴 거야."

"종이학이나 종이 장미를 접거나, 풍선을 불어서 이벤트를 벌인다면 훨씬 분위기 있을 거야."

바른생활부에서 열린 지금까지의 회의 중에서 가장 활기찬 회의였다.

"우정이 너는 뭐 좋은 생각 없어?"

아까부터 창 밖만 내다보고 있던 우정이에게 우혁이가 물었다. 그러자 우정이가 목소리를 높여 말했다.

"야, 너희들끼리 이벤트를 하든 쇼를 하든 마음대로 해. 난 그런 허접한 일에 낄 마음 눈꼽만큼도 없으니까……."

우정이가 자리에서 벌떡 일어나며 말했다.

"그렇지만 이건 우리가 모두 함께 하는 일이야. 네 마음대로 빠질 순 없어."

우혁이가 우정이를 똑바로 쳐다보고 단호하게 이야기했다.

"왜 없냐? 네가 뭐 대통령, 아니 하다 못해 전교 회장이라도 되는 줄 아냐? 잘난 척이 하늘을 찌른다니까……."

우정이는 뒤도 돌아보지 않고 과학실을 나가 버렸다. 한동안 분위기가 썰렁했다.

"자, 우리 하던 이야기 계속 합시다. 우정이는 뭐, 개인적으로 중요한 사정이 있다고 하니까……."

여기까지 이야기하는데 아이들이 웃음을 터뜨렸다.

"우리끼리라도 성공적으로 잘 해내 보자고요!"

우혁이가 어느 때보다도 큰 소리로 외쳤다. 다시 활발한 분위기로 돌아간 아이들은 서로 자기기 할 일들을 정히느라 정신이 없었다. 그렇게 해서 노래, 편지 낭독, 종이 공예품 준비 등 각자의 할 일을 정하고 회의는 끝이 났다. 누구보다도 의견을 내놓았던 예나에게 가장 보람 있는 회의었나.

회의가 끝나고 예나와 우혁이는 바로 바른생활부 선생님을 찾아가 회의 결과를 말씀드렸다.

"하하하! 재미있는 일을 벌이려고 하는구나. 음, 좋아! 그런데 한 가지 조심해야 할 점이 있어. 너희들과 다른 아이들 모두, 이 일 때문에 공부하는 시간을 빼앗기면 안 돼. 그러니까 최대한 시간을 빼앗기지 않는 범위 내에서 하도록 해라.

그리고 이 일에 대한 준비는 모두 너희들 스스로의 힘으로 해야 해. 괜히 비싼 물건을 사거나 화려하게 이벤트를 하려고 하진 말라는 말이야. 특히 이 일 때문에 부모님께 용돈을 올려 받거나 하면 절대 안 돼."

"예!"

교무실을 나온 예나의 발걸음은 그 어느 때보다 가벼웠다.

다음 날, 예나는 오랜만에 학교 홈페이지에 접속을 했다. 지난번 모금 운동 이후 올라온 몇 건의 비난 글이 영 껄끄러워서 예나는 그 동안 학교 홈페이지를 열어 보지 않았었다. 그렇지만 앞으로의 일이 더 중요하니까, 이제는 지나간 비난 글엔 더 이상 신경 쓰지 말자고 예나는 스스로 마음을 다잡았다. 홈페이지의 바른생활부 게시판에는 새로운 공지 사항이 하나 올라와 있었다.

사랑의 메신저가 되어 드립니다

짝사랑에 마음이 아픈 친구들이 있나요? 좋아하는 친구에게 고백을 하지 못해서 답답한가요? 누군가가 나의 마음을 대신 전해 주었으면 좋겠다고 생각을 했지만, 혹시라도 소심하다고 비웃을까 봐 아무에게도 마음을 털어놓지 못했다면 이제 걱정하지 마세요. 우리 바른생활부장들이 사랑의 메신저가 되어 드립니다.

아름다운 노래와 감동의 편지, 그리고 저희가 준비한 작은 선물과 함께 여러분의 마음을 전해 드립니다. 이벤트에 참여하고 싶은 친구들은 리플에 학년, 반, 이름을 적어 주세요. 저희가 직접 찾아가서 이벤트에 대해 설명해 드리겠습니다.

많은 참여 부탁드립니다.

회의가 끝난 뒤에 우혁이가 올려놓은 것이었다. 아직 아무도 신청을 하지는 않았지만, 제목 옆의 조회 수를 보고 예나는 깜짝 놀랐다. 하루도 채 안 되었는데, 조회 수는 15를 기록하고 있었다. 예나는 왠지 좋은 예감이 들었다.

게시판에 공지 사항이 올라간 뒤 이틀이 지났을 때였다. 예나는 학원에 다녀온 뒤, 숙제를 하기 위해 책상에 앉아 있었다. 그런데 전화벨이 시끄럽게 울렸다. 예나는 얼른 달려가 전화기를 들었다.

"예나니? 나 우혁이야."

"네가 웬일이야?"

"얼른 학교 홈페이지 들어가서 게시판 좀 봐."

"왜?"

"보면 알아. 그럼 보고 나서 내일 이야기하자."

우혁이는 기분 좋은 목소리로 전화를 끊었다. 예나는 얼른 방으로 가서 홈페이지를 열어 보았다. 게시판에는 드디어 첫 번째 이벤트 신청자의 글이 올라와 있었다.

'이제 시작이다. 우리를 믿는 아이가 단 한 명이라도 있다면 된 거야. 성의 있게 준비해서 꼭 성공해야지.'

예나는 가슴 속에서 따뜻한 바람이 불어 오는 것을 느꼈다.

수업을 마친 뒤 바른생활부장들은 과학실에 모였다. 모두들 자신들이 맡은 것들을 준비하기 위해서였다.

한솔이와 세 명의 아이들은 노래를 고르느라 열심이었고, 예나는 예림이, 수빈이와 함께 종이 장미를 접었다. 수빈이는 바른생활부장은 아니었지만, 손재주가 뛰어난 데다가 이

번 일을 돕고 싶다고 해서 함께 하기로 한 것이다. 우혁이는 전체적인 이벤트 순서를 정하느라 골몰해 있었고 한쪽에서는 두 명의 부장들이 이벤트를 신청한 남자 아이에게서 건네 받은 편지를 어떻게 하면 더욱 감동적으로 낭독할 수 있을까를 두고 목소리를 가다듬고 있었다.

　　다음 날, 점심 식사를 마치고 바른생활부장들은 이벤트의 주인공인 여자 아이가 있는 5학년 4반 교실로 향했다. 5학년 4반 바른생활부 부장이 여자 아이를 교실 문 앞으로 불러 냈

고, 복도에 서 있던 아이들은 이벤트를 시작했다.

먼저 한솔이와 세 명의 아이들이 '당신은 사랑받기 위해 태어난 사람'이라는 노래를 불렀고, 그 노래를 배경으로 예림이가 정성들여 포장한 종이 장미 열 송이를 건넸다. 다음엔 편지를 낭독했고, 마지막으로 그 편지를 여자 아이에게 전하면서 이벤트는 끝이 났다.

이벤트를 벌이는 동안 복도에 있던 아이들이 모여들었다. 편지를 전하자 모여 있던 많은 아이들이 동시에 박수를 쳤다. 고백을 받은 여자 아이는 빨갛게 달아오른 얼굴로 수줍게 편

지를 건네 받았지만, 기분은 무척 좋아 보였다.

"자, 우리의 첫 번째 이벤트가 드디어 끝났다!"

각자의 교실로 돌아가는 길에 우혁이가 두 팔을 하늘을 향해 쭉 뻗으며 말했다. 바른생활부장들 모두가 흐뭇한 얼굴이었다.

그 날 바른생활부 게시판은 많은 글들로 가득 찼다. 이벤트를 보고 나서 재미있고 즐거웠다는 의견들이 대부분이었고, 그 중에는 자신도 신청을 하고 싶다는 글도 두 건이나 있었다.

'드디어 됐어. 내 생각이 통했던 거야.'

예나는 이벤트가 성공한 것보다 진심이 통한 것에 더 큰 보람을 느꼈다. 그리고 이제는 바른생활부 모두가 자신감을 갖게 될 거란 생각에 기분이 무척 좋았다.

아빠와의 데이트

사랑의 메신저 이벤트를 빌이면서 바른생활부장들의 생활에도 많은 변화가 일어났다. 어떻게 하면 좀 더 재미있게 이벤트를 할 수 있을지 의견을 나누느라 거의 매일 모이다시피 했다. 그러다 보니 바른생활부장들끼리도 이전보다 더 친해질 수 있었나. 이 이벤트가 여러 가지로 바른생활부에 큰 도움이 되고 있는 것은 분명한 사실이었다.

물론 이벤트를 벌인다고 해서 모든 아이들이 자신의 마음을 성공적으로 전하게 되는 것은 아니었다. 어떤 아이는 이벤트 이후 소문이 나서 부끄럽다고 했고, 또 어떤 아이는 상대방이 평소 자기가 싫어하는 아이여서 도저히 마음을 받아 술 수 없다고 했다.

우혁이는 그런 글들에 일일이 답글을 달아 주는 성의를 보였다. 부끄럽다는 아이에게는 '부끄럽게 생각하지 마세요. 아마 소문을 내는 친구들은 부러워서 그러는 것일 수도 있어요.'라고, 상대방이 싫다는 아이에게는 '그 친구에게 관심을 가져 보세요. 그 동안 보지 못했던 장점이 분명히 있을 거예요.'라고 글을 올려놓았다. 우혁이의 정성스런 답변 덕분인지 고민 상자에도 점점 더 많은 쪽지들이 쌓이기 시작했다.

예나는 수업을 마치고 바른생활부장들과 짧게 이야기를 나눈 뒤 곧장 영어 학원에 들렀다 집으로 왔다. 열쇠로 문을 열고 들어서니 여느 날과 다름없이 커튼은 굳게 닫혀 있었다.

"후유, 오늘도 우리 집은 대낮부터 한밤중이구나."

학교에서 기분이 좋았다가도 집에 와서 닫힌 커튼만 보면 이상하게 마음이 답답했다. 예나는 무겁게 한숨을 쉬며 책상 위에 가방을 올려놓았다. 그 때 거실에서 전화벨이 울렸다. 예나는 얼른 달려가서 전화를 받았다.

"예나야, 아빠야."

"어, 아빠! 웬일이세요?"

"오늘 아빠랑 맛있는 저녁 먹자. 6시쯤에 아빠 회사 앞으로 나와.”

“이야! 알았어요.”

아빠 회사는 예나의 집에서 버스로 10분쯤 걸리는 곳에 있었다. 예나는 얼른 숙제를 마치고 방을 나섰다. 평상시라면 잠에서 깨어나 저녁 준비를 하고 있을 엄마는 거실 소파에 앉아 텔레비전을 보고 있었다.

“예나야, 나가려고?”

엄마는 방에서 나오는 예나를 돌아보며 다정하게 물었다. 그렇지만 예나의 대답은 언제나 퉁명스럽기만 했다.

“디너올게요.”

“그래, 조심해서…… ”

엄마의 말이 채 끝나기도 전에 예나는 현관문을 닫고 밖으로 나왔다.

“아빠!”

예나는 회전문을 밀고 나오는 아빠에게 달려가며 외쳤다.

“예나야, 많이 기다렸니?”

“방금 왔어요.”

아빠는 예나를 데리고 패밀리 레스토랑으로 들어갔다.

"예나야, 요즘 표정이 많이 밝아진 것 같다. 아빠 생각이
맞는 거지?"

"예!"

예나는 빙긋이 웃으며 대답했다.

"무슨 일인지 이야기 좀 해 주면 안 되니?"

아빠의 질문에 예나는 잠깐 생각을 했다. 그런데 아무래도
이야기하지 않는 편이 좋을 것 같았다. 바른생활부 이야기를

하려면 회장 선거에서 떨어졌던 이야기도 다시 꺼내야 할 것
이고, 수빈이와 시우의 일을 겪으면서 느꼈던 부끄러움도 모
두 이야기해야 했기 때문이다.

"별로 이야기하고 싶지는 않은데……."

예나가 말끝을 흐렸다. 그러자 아빠는 고개를 끄덕였다.

"좋아, 무슨 일인지는 모르겠지만 네가 기분이 좋다니까
아빠도 참 좋다. 그런데 예나야, 아빠가 오늘 이렇게 데이트
를 신청한 건 하고 싶은 이야기가 있어서 그런 거야."

예나는 유난히 나지막한 아빠의 목소리에 저도 모르게 긴
장이 되었다.

"네가 엄마한테 불만이 있다는 건 아빠도 눈치로 알겠는
데, 도대체 뭐가 문제인지 이야기 좀 해 줄래?"

예나의 표정이 갑자기 어두워졌다. 그러고는 한동안 아무
말도 하지 않았다.

"아빠가 물어 보면 대답을 해 주는 게 예의인 것 같은데?"

예나는 한참을 생각하다가 눈을 내리깐 채
말을 꺼냈다.

"엄마가 다른 보통의 엄마들과 같았
으면 좋겠어요."

"다른 엄마들은 어떻게 하시는데?"

"학교 갔다 오면 간식도 챙겨 주시고, 공부는 잘하는지 준비물은 잘 챙겼는지 살펴봐 주시잖아요. 그리고 회장이나 부회장 엄마들은 학교에도 자주 찾아오시고……. 제가 5학년 때까지 회장, 부회장을 한 번도 빼 놓지 않고 계속 했는데, 엄마는 한 번도 학교에 오신 적이 없어요. 오죽하면 다른 반 회장들이 너희 엄마는 어떻게 생겼냐고 물어 보기까지 했다니까요. 그럴 때마다 정말 엄마가 미웠어요."

"그건 엄마가 하기 싫어서 안 하는 게 아니라 바빠서 못한다는 것은 너도 알잖아. 게다가 엄마는 널 아주 든든하게 믿고 있어."

"바쁜 건 핑계예요. 회사를 다니는 다른 엄마들도 다 하세요. 우리 엄마만 바쁘신 건 아니잖아요."

예나는 한 마디도 굽히지 않았다.

"예나야, 아빠가 오래 전 이야기 하나 들려 줄까?"

예나는 아빠를 멀뚱하게 쳐다보았다.

"네가 어렸을 때 엄마를 얼마나 따랐는지 아니? 엄마는 너 때문에 화장실에도 잘 못 가고, 밥을 하거나 설거지를 할 때도 널 업고 있었어. 아빠도 엄마를 도와서 널 좀 안아 주고 싶었는데, 네가 아빠한테만 오면 울어 대는 통에 그럴 수도 없었지."

"그거야 아기였으니까 그렇죠."

"글쎄다, 아빠 생각에 넌 유치원에 다닐 때까지 엄마밖에는 몰랐었는데? 어느 날은 엄마가 좀 아파서 아빠가 널 유치원 버스 타는 데까지 데리고 나간 적이 있었거든. 그 날 아파트 단지 안에 네 울음소리가 울려 퍼졌던 건 기억나니?"

들고 보니 어렴풋이 기억이 나는 것 같았다. 예나는 피식 웃음이 나왔다.

"기억이 나는 모양이구나? 엄마는 널 낳기 전까지 광고 회사에 다녔어. 엄마도 일을 무척 좋아했고, 회사에서도 엄마 같이 능력 있는 식원을 놓치기 싫어했지. 그래서 회사에서는 널 낳고 나서도 계속 일을 해 달라고 부탁을 했있어."

아빠는 식사를 하면서 이야기를 계속했다.

"그렇지만 엄마는 일을 하지 않겠다고 했어. 바로 널 위해서였지."

"절 위해서요?"

"그래. 널 잘 키우는 데 모든 힘을 쏟고 싶다고 했어. 널 위해서 좋아하던 일까지 그만두었던 거야."

"그렇지만 지금은 일을 하시잖아요."

아빠 그렇게 이야기할 줄 알았다는 듯 고개를 끄덕였다.

"그래. 아빠가 엄마에게 일할 것을 권유했다. 솔직히 말하자면 아빠도 엄마에게 일을 다시 시작하라고 이야기하기가 참 어려웠단다. 아빠도 엄마가 집에서 널 돌봐 주고 살림을 하는 것이 너무 편했거든. 그런데 그런 생활이 반복되다 보니까 아빠는 엄마가 모든 집안일을 도맡아 하는 게 너무나 당연하다고 생각하게 되었어. 그러면서 아빠 회사와 일이 인생의 전부인 것처럼 생각하게 되었고 너와 엄마에게는 너무나 소홀했었지."

예나는 깜짝 놀라고 말았다. 지금은 예나와 엄마에게 너무나 다정한 아빠가 그런 적이 있었다니…….

"가만히 생각을 해 보니까 엄마는 너 때문에 일을 포기했다고 했지만 일뿐 아니라 자신의 꿈이며 시간이며, 그 모든 걸 다 포기한 것이었어. 너는 엄마와 하루 종일 함께 있으려고만 했고, 아빠 역시 그런 엄마를 전혀 돕지 않았지. 그러다 보니 엄마는 어느 날부터 자신을 위해서가 아니라 너와 아빠를 위해서 사는 사람이 되었더구나. 엄마의 입장에서 생각을 해 보니, 만일 아빠라면 도저히 견딜 수가 없을 것 같았어. 그래서 아빠가 엄마에게 일을 할 것을 권했단다."

예나는 고개를 끄덕이며 빨대로 음료수를 한 모금 마셨다. 목에서 가슴으로 찌릿한 느낌이 전해져 왔다.

"예나야, 그렇게 듣지만 말고 잘 생각을 해 봐. 엄마는 널 그렇게 소중하게 생각하고 너 때문에 모든 걸 포기했었는데, 넌 엄마의 입장을 얼마나 이해하고 있니?"

갑자기 예나의 가슴이 덜컹 내려앉았다. 엄마의 입장? 엄마의 입장을 생각이나 해 본 적이 있었던가?

"예나야, 친구의 입장을 생각하고 이해하는 건 어렵지 않아. 내 마음만 조금 바꾸면 되거든. 그렇지만 정작 가장 가까운 가족의 입장을 생각하고 이해하는 걸 어려워하는 사람들이 꽤 많단다. 아빠가 그랬던 것처럼 말이야. 엄마의 입장을 한 번 헤아려 주겠니? 그러면 아마 엄마에 대한 불만이 많이 사라질 거야."

아빠의 말이 모두 맞았다. 예나도 수빈이의 입장을, 시우의 입장을, 고민을 가진 친구의 입장을 이해하는 것은 그리 어렵지 않았다. 그렇지만 엄마의 입장을 이해하기란 쉬울 것 같지 않았다.

"솔직히 말하면 잘 모르겠어요. 아빠의 말씀은 무슨 뜻인지 알겠는데, 제가 도대체 어떻게 해야 하는 건지……."

"아빠도 뭘 당장 어떻게 하라는 것은 아니야. 그냥 아빠의 이야기를 듣고 나면 조금이라도 네 생각이 달라지지 않을까 해서 이야기한 것뿐이지. 아마도 시간이 많이 필요한 일일 거야. 아빠도 그랬거든."

예나는 빙긋이 웃어 보였다.

"좋아. 아빠는 네가 이제부터라도 노력해 보겠다는 뜻으로 알겠어."

아빠도 마주보며 환하게 웃었다.

예나는 저녁 식사를 마치고 아빠와 함께 집으로 왔다. 엄마는 이미 작은 방에 들어가 일을 하고 있었다.

예나는 불빛이 희미하게 새어 나오는 작은 방을 한 번 쳐다보고는 자신의 방으로 들어왔다. 아침까지만 해도 삐뚤빼뚤 꽂혀 있던 책장의 책들이 가지런하게 정리되어 있었고, 책상 위의 먼지도 깨끗하게 닦여 있었다. 분명 엄마가 해 놓은 것이겠지. 그걸 바라보던 예나는 음료수를 마셨을 때처럼 가슴이 찌릿해 오는 것을 느꼈다.

생각이 옳다면 결과도 옳을 거야

다음 날, 2교시 쉬는 시간이었다. 우혁이가 급히게 예나를 찾아왔다.

"무슨 일이야?"

"너 학교 홈페이지 들어가 봤어?"

"어제 저녁에 들어가 봤는데……. 왜? 특별한 거 없던데?"

"그렇다면 한밤중에 글을 올린 모양이군."

우혁이는 혼잣말로 중얼거렸다.

"왜? 무슨 일이 있어?"

"점심 시간에 컴퓨터실 가서 홈페이지 한 번 들어가 봐."

우혁이의 표정은 전에 없이 심각했다. 예나는 궁금하기도 하면서 한편으로는 걱정이 되었다.

점심을 얼른 먹고 예나는 컴퓨터실로 갔다. 다행히 3대의 컴퓨터가 비어 있었다. 그 중 하나를 차지하고 학교 홈페이지에 접속을 했다. 바른생활부 게시판도 아닌 학교 게시판에 눈에 띄는 제목이 하나 있었다.

'바른생활부, 없어져야 한다!'

"이게 뭐야?"

예나는 인상을 찌푸리며 제목을 클릭해 보았다. 내용을 한 줄 한 줄 읽어 내려가는 예나의 얼굴은 점점 더 굳어져 갔다.

바른생활부는 지난 달, 5학년 3반 임수빈의 도우미가 되겠다고 나섰다. 위예나가 스스로 한 일이라고는 하지만 평소 위예나의 행동을 보았을 때 도저히 이해가 가지 않는다. 위예나는 공부 잘하고, 회장, 부회장을 많이 해 봤다는 이유로 다른 아이들은 안중에도 없는 이기적인 아이다. 위예나가 이기적이라는 사실은 6학년들은 거의 다 알고 있다.

이것은 바른생활부의 인기를 올리고, 2학기에 전교 회장이 되기 위한 위예나의 거짓 행동임이 분명하다. 게다가 도우미 일은 1주일이 지나자마자 5학년 3반 아이들에게 떠넘겨졌다. 수빈이는 그 전에는 엄마와 함께 등하교를 했었다. 그런데 바른생활부의 도우미 일 때문에 5학년 3반 아이들은 힘과 시간을 빼앗기고 있다.

게다가 그 이후에는 고민을 들어 준다는 상자를 만들어 학교 곳곳에 놓아 두었다. 그렇지만 바른생활부에서는 그 고민에 대한 어떤 답도 주지 않았다. 이것은 괜히 아이들의 비밀을 캐내서 비웃음거리로 만들려는 것이 분명하다.

그리고 더욱 황당한 것은 '사랑의 메신저'라고 하는 이벤트이다. 사랑의 메신저라니……. 지금 우리가 사랑에 정신을 빼앗길 때인가? 학생은 공부를 해야 한다. 그런데 공부를 하는 학교에서 사랑이 어쩌고저쩌고 하며 아이들을 꼬드겨서 시간과 정신을 모두 빼앗고 있는 것이다.

이런 쓸데없는 일만 하고, 심지어 아이들에게 피해를 주고 있는 바른생활부는 반드시 없어져야 한다.

누구인지 이름도 없는 글이었다. 그렇지만 예나는 누구의 글인지 금방 알 수 있었다. 이런 글을 쓸 만한 아이는 단 한 명뿐이다. 바로 승호였다.

승호는 엄마 때문에라도 2학기에 꼭 전교 회장을 해야만 하는 아이였다. 승호 엄마는 학교에서도 유명한 사람이었다.

승호 엄마는 어머니회장을 3년이나 하며, 학교의 크고 작은 일에 아주 적극적으로 참여했다. 그러다 보니 아이들은 거의 1주일에 한 번은 승호 엄마의 얼굴을 학교에서 볼 수 있었다. 그런 데다가 1년에 두 번씩 선생님들께 거창한 식사 대접을 한다는 것은 드러내 놓고 떠들지만 않을 뿐, 모두가 다 알고 있는 일이기도 했다.

승호 엄마가 학교와 선생님들에게 이렇게 공을 들이는 것은 모두 승호 때문이었다. 승호는 외동아들로, 부모님의 기대와 애정을 한 몸에 받고 있었다.

4학년 때인가, 승호와 시우가 큰 싸움을 벌인 적이 있었다. 승호는 시우가 있는 앞에서 '아버지가 없는 아이는 버릇도 없고 공부도 못한다더라.'라고 말했고, 그 말을 들은 시우가 화가 나서 승호를 한 대 때린 것이 싸움의 시작이었다.

다음 날, 시우는 승호 엄마에게 손이 발이 되도록 비는 걸로도 모자라 몇 대 쥐어박히기까지 했다. 선생님 역시 승호 엄마에게 연신 고개를 숙이며 죄송하다고 했다. 승호 엄마는 학교가 떠나가라 고래고래 소리를 질렀고, 그래서 같은 반도 아니었던 예나까지 이 일을 모두 알게 되었다.

아마도 승호가 2학기 전교 회장 선거에서 떨어진다면 또 한 번 그런 일이 반복될지도 모른다. 이미 승호 엄마는 선생님들과 다른 아이의 엄마들에게 '2학기 전교 회장은 우리 승호가 점찍었다. 아무도 그 자리를 넘보지 말라.'라고 소문을 내고 다니지 않았던가.

"비겁한 녀석!"

모니터를 들여다보던 예나는 삭은 소리로 중얼거렸다. 그러고는 자리에서 벌떡 일어나 우혁이를 찾아갔다.

"예나야, 봤어?"

우혁이가 달려나오며 물었다.

"누가 한 건지 알아."

우혁이는 예나가 던진 말에 한동안 아무 말이 없었다.

"누가 한 긴지 다 알아. 가서 떠질 기야."

"예나야, 이건 따져서 해결될 문제가 아니야."

"왜? 우리가 뭘 잘못해서? 승호처럼 자기 잘난 줄만 알고, 욕심만 많은 애들은 혼이 나 봐야 해. 그리고 지금 우리에게는 주어진 시간이 얼마 남지 않았어. 그런데 어떻게 두고만 보라는 서야?"

"승호가 그랬다는 증거도 없잖아."

"분명히 승호의 짓이야. 그 애가 아니면 이런 짓을 할 만한 애가 없어."

"어떻게 확신을 하니?"

우혁이는 걱정스런 표정으로 물었다.

"승호는 2학기 때 전교 회장에 나가려고 그러거든. 그런데 내가 이렇게 바른생활부 일에 열심인 이유가 인기를 끌어서 2학기에 전교 회장이 되려고 그러는 거라고 생각하고 있어. 걔는 나랑 부딪치는 게 싫은 거야."

예나는 주변 아이들이 듣지 못할 정도로 목소리를 낮추어 말했다.

"그렇다면 잘됐네. 어쨌든 승호는 너를 두려워하고 있는 거니까……."

예나는 화들짝 놀라고 말았다.

'정말 그렇구나. 내가 왜 그 생각을 못했지?'

"네가 한 발 이기고 가는 거잖아. 그런데 지금 이 시점에서 승호랑 다툰다면 너에게 득이 될 게 하나도 없어. 그리고 가장 중요한 건, 지금 넌 전교 회장 자리를 노리고 이 일을 하는 게 아니잖아."

예나는 아무 말도 할 수가 없었다.

"예나야, 이럴 때일수록 정신을 바짝 차려야 해. 워낙 하는 일이 없는 바른생활부였는데, 갑작스럽게 이 일 저 일 한다고 하니까 이런 반응이 나올 법도 하지. 일단 내가 그 글에 답하는 글을 올려놓을 테니까, 넌 걱정 말고 있어."

걱정을 하지 않을 수는 없었다. 그렇지만 지금은 우혁이를 믿을 수밖에 없다.

"예나야, 쉬운 일은 매력이 없잖아. 우리의 처음 생각이 옳았다면 결과도 옳을 거야."

우혁이가 여기까지 이야기했을 때 수업 시작을 알리는 종이 울렸다. 예나도 바삐 교실로 들어갔다.

수업을 마치고 집으로 온 예나는 책상에 앉아 곰곰이 생각을 했다.

'처음 생각이 옳았다면 결과도 옳을 거라고? 그럼 나의 처음 생각은 정말 옳은 것이었을까?'

예나는 학기 초의 모습을 떠올려 보았다. 회장 선거에서 떨어지고 나서 바른생활부장이 되었을 때, 너무나 우울했던 자신의 모습이 떠올랐다. 거의 홧김에 한 일이나 다름없는 수빈이의 도우미 일을 시작으로, 그저 이름을 알리고 소문을 내기에 급급해서 아무 생각 없이 벌였던 모금 운동…….

'내가 도대체 무슨 생각으로 그 일들을 벌였던 거지? 수빈이와 시우를 도와 주고 싶어서?'

예나는 고개를 저었다.

'아니야. 난 그저 그때 그때 닥쳐오는 상황을 어떻게든 나에게 이롭게 만들려고 한 것뿐이었어. 그런데 나의 생각이 옳았다고 할 수 있는 건가?'

예나는 그제서야 지금까지 늘 자신을 따라다니던 찜찜한 기분의 정체를 알 수 있었다. 그건 바로 자신의 처음 생각이 옳지 못했다는 것에 대한 자책감이었던 것이다.

'그래, 그렇지만 어차피 그 일들은 모두 지나간 거야. 이제부터라도 모든 일을 진심으로 하면 되는 거잖아.'

예나는 지나간 일기들을 펼쳐 읽었다. 벌써 3년째 써 오는 예나만의 비밀 일기였다. 거기엔 지난 시간 동안의 일들이 고스란히 담겨 있었다. 그러다 '상대방의 입장에서 생각해야 한다.'는 구절을 읽으면서 문득 생각난 것이 하나 있었다.

5학년이 끝날 때 치렀던 기말 고사 문제 중에 이런 문제가 있었다.

어느 날, 아버지가 3명의 딸들에게 새로 산 바지의 길이를 5센티미터만 줄여 달라고 부탁을 했습니다.

'이건 당연히 내가 할 일이지.'

큰 딸은 아버지의 바지를 가지고 가서 바지의 길이를 줄였습니다. 그런데 이를 모르는 둘째 딸이 아버지의 방에서 바지를 가지고 나오며 생각했습니다.

'언니는 늘 집안일을 많이 하고, 동생은 아직 어리니까 내가 해야지.'

둘째 딸은 또다시 바지 길이를 줄여 아버지의 방에 갖다 놓았습니다.

이번에는 막내딸이 아버지의 바지를 가지고 나왔습니다.

'언제나 힘든 일은 언니들이 다 하니까 이번에는 내가 해야지.'

막내딸도 바지 길이를 줄여 놓았습니다. 결국 바지는 너무 짧아 입을 수가 없게 되었습니다. 그렇지만 아버지는 이렇게 말씀하셨습니다.

"허허허! 모두들 5센티미터씩 줄여서 총 15센티미터가 줄었구나. 짧아서 그냥은 못 입겠고, 여름이 오면 반바지로 입으면 되겠네."

문제: 위의 글에서 딸들의 마음가짐을 나타낸 단어로 맞는 것을 고르세요.

① 자만심　② 배려　③ 우정　④ 겸손　⑤ 경쟁심

문제의 답은 바로 '배려'였다.

'그래, 배려였어. 내가 수빈이를 진심으로 돕지 못한 것도, 시우를 위한다면서 엉뚱한 일을 벌인 것도 배려가 없었기 때문이었던 거야. 하지만 사랑의 메신저가 성공을 거둔 건 고민하는 아이를 배려하는 마음에서부터 출발했기 때문이지. 상대방의 입장에서 생각한다는 것이 바로 배려잖아. 지난번에 아빠도 나에게 엄마에 대한 배려를 말씀하시려고 했던 거야. 시험을 칠 때는 쉽게 맞혔는데, 완전히 헛공부 한 거야.'

예나는 머릿속이 환해지는 느낌이었다.

예나는 우혁이가 올려놓았을 답글을 확인하기 위해 컴퓨터를 켜고 홈페이지에 접속했다. 승호의 글에는 무려 20개가 넘는 리플이 달려 있었다.

'그래도 사랑의 메신저 이벤트 때문에 학교에 가는 재미가

있었다.’

‘수빈이를 도운 건 누가 보아도 좋은 일이었다.’

‘모금 운동? 난 돈 안 냈기 때문에 할 말 없다. 그렇지만 친구를 돕는 게 나쁜 일은 아니다.’

이런 의견들이 있는가 하면, 반면에 다른 의견들도 있었다.

‘바른생활부, 속 보인다.’

‘바른생활부, 없앤다 만다 말 많더니 발악을 하는구나.’

‘서우혁, 만날 실실 웃기만 하고, 공자님처럼 잘난 척하더니 꼴좋다.’

그렇지만 대체로 승호의 글에 대한 반대 의견이 조금 더 많은 편이었다.

‘그래, 이 정도면 됐지, 뭐.’

예나는 스스로 위안을 하며 우혁이의 답글을 열어 보았다.

안녕하세요? 전교 바른생활부장 서우혁입니다.

윗분들의 글 잘 읽었습니다. 오해가 많은 것 같습니다. 우리 바른생활부에는 그렇게 자기의 마음을 속이고도 아무렇지 않은 사람은 없습니다.

앞으로 우리의 일을 잘 지켜 봐 주세요. 지금은 우리를 의심하

는 친구들도 있지만, 시간이 지날수록 믿음직한 바른생활부가 될
것입니다.

"후유······."

예나는 안도의 한숨을 내쉬었다. 짧은 글이었지만 바른생
활부의 의견을 정확하게 전하고 있었다. 예나는 컴퓨터를 끄
며 그냥 이 정도에서 이 일이 마무리되었으면 참 좋겠다는 생
각을 했다.

풀리지 않는 문제

"예나야, 기분은 좀 괜찮아졌어?"

등굣길에 우혁이가 예나의 등을 툭 치며 물었다.

"응, 그냥 그래."

"좋게 생각하자고! 아참, 수업 끝나고 회의 있는 거 알지?"

"응, 그런데 나 4시 30분까지 피아노 학원에 가야 하니까 회의 좀 일찍 끝내 줘."

"에이, 내가 일찍 끝낸다고 끝낼 수 있니? 모두 함께 하는 건데……."

'아, 그렇지?'

예나는 이번에도 자신의 입장만을 생각하고 말았다. 바로 어젯밤까지 그렇게 깊이 생각했던 배려를 또 이렇게 잊고 말았던 것이다.

수업을 마치고 예나는 과학실로 달려갔다. 과학실에는 이미 5, 6학년 바른생활부장들이 모여 있었다.

"아, 미안해! 늦어서……."

예나는 과학실에 들어서자마자 사과부터 했다. 아이들은 눈인사만 할 뿐 무덤덤했지만, 예나의 그런 행동에 놀란 건 다름 아닌 예나 자신이었다.

이번 회의에서는 고민 상자에 관해 이야기하기로 되어 있었다. 고민 상자에 꽤 많은 내용의 고민들이 쌓었는데, 이제 그 해결 방법을 찾아야 할 때가 되었기 때문이다

"우리가 그 동안 고민들을 받기만 하고 제대로 해결해 줄 방법을 생각하지 못했어요. 그래서 지난번 홈페이지에 우리의 행동을 비판하는 글이 올라온 것이 아닌가 생각해요. 그러니 오늘은 고민들을 어떻게 해결해야 할지 모두들 한 번 생각해 봤으면 좋겠어요."

우혁이의 말이 끝나자 한솔이가 공책 하나를 들고 나와 발표를 했다.

"3일 전부터 우혁이와 함께 고민 상자에 담긴 쪽지들을 내

용별로 나누어 보았습니다. 가장 많은 내용은 성적이 떨어져서 고민이라는 것이었습니다. 그리고 그 다음으로 많은 것은 집단 따돌림과 같은 친구 사이의 문제, 또는 이성 친구에 대한 고민이었습니다. 다음은 엄마, 아빠의 이혼이나 형제들과의 다툼처럼 가족 간의 문제를 고민하는 내용이 많았습니다. 그 외의 의견으로는…….”

한솔이는 숨이 찼는지, 한 번 숨을 몰아쉬고 말을 이었다.

“살을 빼서 몸짱이 되고 싶다는 다이어트에 대한 고민이 있었고, 발 냄새가 심하다든가, 몸이 아픈데 큰 병일까 겁이 난다든가 하는 건강에 대한 고민이 있었습니다.”

한솔이는 괜히 얼굴이 빨개져서는 급히 이야기를 끝냈다. 발표를 들은 아이들은 제법 심각한 얼굴이었다.

“자, 한솔이의 발표를 모두 잘 들었을 거예요. 이 고민들을 어떻게 해결하면 좋을지 한 번 이야기해 볼까요?”

우혁이가 계속해서 회의를 진행했다. 제일 먼저 예림이가 손을 번쩍 들었다.

“저는 솔직히 다른 건 고민해 본 적이 없어서 잘 모르겠고, 성적이 들쭉날쭉한 것 때문에 고민이 많았거든요. 그래서 인터넷으로 어떻게 하면 공부를 좀 재미있게 할 수 있을지 찾아

보기도 하고 그랬는데, 워낙 내용이 많고 정리가 잘 안 되어 있어서 아직도 공부를 잘 못 하고 있어요."

아이들은 웃음을 터뜨렸다. 예림이는 어떤 상황에서든 사람들을 즐겁게 해 주는 재주를 가진 아이였다.

"그래서 저는 누군가가 저 대신 그 많은 내용을 좀 정리해서 이야기해 주었으면 했거든요. 제 생각엔 방송부에서 자료를 모아 정리한 다음에 교내 방송을 할 때 '재미있는 공부' 뭐 이런 제목으로 한 코너를 만들었으면 좋겠어요. 1주일에 한 번 정도면 적당할 것 같아요."

아이들은 예림이의 의견에 고개를 끄덕였다.

"다른 의견 없나요?"

우혁이가 아이들을 둘러보며 물었다. 아이들은 더 이상 좋은 생각이 나지 않는다는 표정이었다.

"그럼 일단 한예림의 의견을 기록해 두도록 하겠습니다. 그리고 다음으로 친구 사이의 문제는 어떻게 해결하면 좋을까요?"

이 질문에 아이들은 묵묵부답이었다. 그 때 예나가 손을 들고 말했다.

"이 문제는 쉽지 않을 것 같아요. 친구들이나 가족들과 같이 사람들 사이에서 벌어지는 문제는 그 종류가 너무 다양해서 그때 그때의 상황에 따라 달라지지요."

모두들 고개를 끄덕였다.

"그렇다면 이 내용은 오늘 안에 의견이 나오기 어려울 것 같으니까 다음으로 미뤄 두도록 하겠습니다. 대신 다음 회의 때까지는 모두들 좋은 생각을 하나씩 가지고 왔으면 좋겠어요. 그럼 다음은 기타 내용으로 나왔던 다이어트와 건강에 대한 해결 방법을 한 번 이야기해 봤으면 좋겠어요."

"별 걸 가지고 다 고민이네."

과학실 한쪽에서 삐딱한 말투로 말한 것은 우정이었다. 그 때 한솔이가 손을 번쩍 들고 이야기를 했다.

"다른 사람의 심각한 고민을 가지고 별일 아닌 듯 이야기하는 것은 옳지 못하다고 생각합니다."

한솔이의 이야기에 아이들이 "맞아, 맞아!" 하고 수군거리기 시작했다.

"살이 쪘으면 안 먹으면 되고, 냄새가 나면 잘 씻으면 되지, 그게 어떻게 고민이 되냐?"

우정이가 벌떡 일어나며 말했다. 아이들의 곱지 않은 시선이 우정이에게 쏠렸다.

"바른생활부는 그냥 조용히 하던 일이나 하면 될 것이지, 왜 나서서 야단들이야? 회의는 너희들끼리 해. 난 관심 없으니까."

우정이가 빈정대며 말했다.

"저렇게 매번 투덜거릴 거면서 회의엔 왜 온대?"

"우정이가 지금까지 부장이라고 맡은 게 이거 하나밖에 없잖아. 그러니까 오는 거겠지."

아이들이 수군대고 있었다. 우정이 때문에 회의 분위기는 썰렁해졌다.

"아유, 정말……. 말해도 뭐라 그러고, 말 안 하면 안 한다고 뭐라 그러고……. 날 보고 어떻게 하라는 거야? 그리고 자꾸 내 흉보면서 떠들래?"

우정이가 또다시 자리에서 일어났다.

"난 이제 여기 오지도 않고 바른생활부가 뭘 하든 신경도 안 쓸 테니까 너희들끼리 알아서 잘 먹고 잘 살아라!"

우정이는 과학실 문을 쾅 닫으며 나가 버렸다.

"쟤 왜 저러니?"

"야, 필요 없어. 우리도 너 같은 앤 필요 없다고."

우정이가 나가자마자 여기저기에서 한 마디씩 외쳤다.

'아마 나도 바른생활부장이 된 것 때문에 계속해서 기분 나빠하고 아무것도 하지 않았더라면 결국 우정이처럼 행동했을 거야.'

예나는 어수선한 과학실 안을 둘러보며 이렇게 생각했다.

"자, 조용히 하세요. 우리 하던 이야기를 마저 해야지요. 이번 문제는 어떻게 해결을 하면 좋을까요?"

잠깐 당황하는 모습을 보였던 우혁이는 이내 분위기를 바꾸고 회의를 진행했다. 아이들도 우혁이의 진행에 따라 곧 진정되는 모습을 보였다.

그 때 다시 예림이가 손을 들고 이야기를 했다.

"이것도 방송으로 하면 안 될까요? 양호 선생님께서 나오셔서 하나씩 해결해 주시면 좋을 것 같습니다."

예림이는 제법 진지한 표정으로 이야기했다. 그 때 예나가 손을 들고 말했다.

"저는 반대입니다. 방송에서 그런 내용이 공개적으로 나오게 되면 뚱뚱하거나 몸이 약한 아이들은 놀림감이 될 것입니다. 그러니 학교 홈페이지에 건강 게시판을 마련해서 양호 선생님의 글을 올려놓는 것이 좋을 것 같습니다. 분명 다이어트나 건강에 관심이 많고 고민이 있는 친구들은 찾아서 보게 될 것이고, 큰 도움이 될 것입니다."

예나가 이야기를 끝내고 자리에 앉았다.

"그거 좋겠다."

"그래, 그래!"

아이들은 저마다 고개를 끄덕이며 말했다. 우혁이가 곧 아이들을 조용히 시키고는 말했다.

"자, 좋은 의견 잘 들었습니다. 그렇다면 예나의 의견을 그대로 선생님께 말씀드려도 좋을까요?"

"예!"

아이들은 입을 모아 대답했다.

"오늘 회의를 마치도록 하겠습니다."

회의는 이렇게 끝이 났다. 아마도 우혁이는 우정이를 따로 만나 이야기를 하려고 회의를 서둘러 끝내는 것 같았다. 예나 역시 우정이 때문에 걱정이 되었지만 시간이 다 되어 어쩔 수 없이 학원으로 향해야 했다.

엄마, 미안해요!

피아노 학원에서 수업을 마치고 나니 벌써 6시가 가까워졌다. 주변이 어둑해지자 예나는 서둘러서 집으로 향했다.

여느 때와 마찬가지로 현관문을 열쇠로 열고 집안으로 들어갔다. 이 시간쯤이면 엄마는 부엌에서 저녁 준비를 하고 있어야 했다. 그런데 이상하게도 집안이 조용했다.

예나는 엄마가 잠깐 밖에 나간 거라 생각하고 방으로 들어갔다. 그런데 숙제를 마치고 한참이 지나도록 집안은 여전히 조용하기만 했다.

이상한 생각이 든 예나는 안방 문을 살짝 열어 보았다. 엄마는 침대에 누워 있었다.

'아직 주무시나?'

예나는 순간 이런 생각이 들었지만, 가만히 살펴보니 커튼이 열려 있었다. 예나는 엄마에게 가까이 다가가 보았다. 얼핏 끙끙거리는 소리가 들리는 것 같았다.

"엄마, 엄마!"

예나는 엄마를 흔들었다. 고개를 예나 쪽으로 돌린 엄마의 얼굴은 벌겋게 달아올라 있었다.

"예, 예나야, 배 많이 고프지? 잠깐만 기다려. 엄마가 저녁 해 줄게."

엄마는 힘겹게 침대에서 일어나 앉았다. 그리고 한 발짝 내딛자마자 그대로 쓰러지고 말았다.

"엄마, 엄마! 엄마, 일어나 봐요!"

예나는 엄마를 있는 힘껏 흔들어 보았지만, 엄마는 쓰러진 채 누워만 있었다.

"엄마……."

덜컥 겁이 난 예나는 얼른 아빠의 휴대폰으로 전화를 걸었다. 오늘 회사에서 회식이 계획되어 있던 아빠는 모든 걸 취소하고 달려오겠다고 했다.

잠시 후, 아빠가 와서 엄마를 등에 업고 달리기 시작했다. 예나는 그런 아빠의 뒤를 따라 정신 없이 뛰어갔다. 정신이 멍해졌다. 마치 꿈을 꾸는 것만 같았다.

아빠의 차 뒷좌석에 엄마를 눕혀 놓고 급하게 병원으로 가는 길에 예나는 제발 이 일이 꿈이기를 바랐다. 그러다 그 생각에서 번쩍 깨어난 것은 엄마를 응급실 침대에 눕힌 뒤였다.

"아빠, 어떡하죠?"

"기다려 봐라. 의사 선생님께서 오시면 무슨 일인지 알 수 있겠지."

엄마의 몸은 아직도 펄펄 끓고 있었다. 잠시 후 간호사가 와서 엄마의 팔에 링거 바늘을 꽂았다.

그 날 밤 10시가 지나서야 엄마의 열은 조금씩 내려가기 시작했다. 아마도 해열제 주사가 효과를 나타내는 것 같았다.

"후유! 한시름 놓았네. 예나야, 배고프지?"

그제야 예나는 자신이 저녁 식사를 하지 않았다는 것을 깨달았다. 아빠는 예나를 데리고 24시간 영업을 하는 근처 식당에 갔다.

"아빠가 집에 데려다 줄 테니까 오늘은 혼자 자고, 내일 학교에 가도록 해라. 그 정도는 혼자서 할 수 있지?"

"그럼요. 지금까지도 혼자 한 거나 마찬가진데요, 뭘."

아빠는 잠깐 숟가락을 내려놓더니 예나에게 말했다.

"그래. 넌 엄마 도움 없이도 뭐든 잘했었지."

아빠의 무거운 목소리에 예나는 가슴이 뜨끔했다.

식사를 끝낸 뒤, 아빠는 예나를 집에 데려다 주었다. 캄캄한 집안으로 발을 들여 놓던 예나는 갑자기 무서운 생각이 들었다. 바삐 거실과 방들을 오가며 불을 켰다. 엄마가 일하던 작은 방 책상 위에는 펼쳐 놓은 책장이 펄럭이고 있었다. 아마도 잠들기 전까지 저 책을 읽고 있었을 것이다. 안방의 침대 밑에는 이불과 베개가 제멋대로 떨어져서 나뒹굴고 있었다. 예나는 침대로 다가가 베개를 침대 위로 올려놓았다. 그리고 얼른 안방을 나와 불을 켜 놓은 채 침대에 누웠다. 잠이 잘 오지 않았다.

학교에 가기 전 예나는 아빠에게 전화를 했다.

"응, 예나야! 엄마 새벽에 깨어나셨어. 오늘 학원에 가는 날이니?"

"예, 영어 학원 가야 해요."

"그럼 학원 끝나고 전화해라. 아빠가 데리러 갈게."

"예!"

예나는 한결 가벼운 마음으로 학교를 향했다. 그렇지만 아직도 마음이 병원으로 향해 있는 것은 어쩔 수 없었다.

수업을 마치고 학원에 가기까지 1시간 정도 여유가 있었다. 예나는 우혁이와 함께 바른생활부 김지훈 선생님을 만나기 위해 교무실로 향했다.

"음, 너희들의 회의 결과가 그렇다는 거지? 좋은 의견들이 많이 나왔네."

선생님은 여느 때와 마찬가지로 따뜻한 미소를 지으며 말했다.

"일단 공부 방법에 대한 문제를 방송부에 맡기는 것은 좀 힘들 것 같다. 너희들도 알다시피 방송부 아이들도 학생들이 잖아? 너희들이 정리하지 못하는 것을 그 아이들에게 떠넘기

는 것처럼 보일 수가 있어. 그러니까 이건 선생님이 도와 주
는 게 어떨까?"

"선생님이 도와 주신다면 저희는 좋지요."

우혁이가 얼굴에 웃음을 띠며 말했다.

"그러면 선생님이 자료를 찾아서 정리한 다음 방송부에 방
송을 부탁하든가, 아니면 직접 방송에 나가서 이야기를 하든
가, 두 가지 중 하나로 결정을 해야겠구나. 그리고 다음은 건
강 문제지?"

아이들은 고개를 끄덕였다.

"뭐, 이것도 어려울 것 같지는 않아. 이건 다음 교무 회의
때 건의하고, 양호 선생님께도 말씀드려 보도록 하마."

우혁이와 예나는 마주 보며 웃었다. 이 두 가지 일이 해결
된 것만으로도 고민 상자에 대해 어느 정도 책임을 진 것 같
았다.

교무실을 나오면서 예나가 우혁이에게 물었다.

"우정이는 만나 봤어?"

우혁이는 고개를 가로저었다.

"어제 우정이 만나려고 일찍 회의 끝낸 거 아니야?"

"맞아. 그런데 못 만났어. 벌써 집에 가 버리고 없더라고. 전화도 안 받고……."

"어유, 우정이 걔는 왜 그러니?"

"글쎄……. 뭔가 생각이 있겠지, 뭐. 처음부터 바른생활부에 불만이 있었을 수도 있고……."

"그건 나도……."

예나는 자신도 마찬가지였다는 이야기를 하려다 말았다. 그렇지만 아마도 우혁이는 예나가 하려던 말을 이미 알고 있을지도 모른다. 언제나 우혁이는 예나의 마음을 미리 읽고 있었으니까…….

"그나서나 오늘도 학원에 가니?"

"응, 영어 학원 가야 해."

"1주일에 4일은 학원에 가는구나."

"응, 영어랑 피아노. 나 정도면 별로 많이 가는 거 아니야. 어떤 애들은 하루에 두세 군데씩 다니기도 하는데, 뭐."

"맞아. 나도 많이 봤어."

우혁이는 고개를 끄덕였다.

"그런데 너는 학원 안 다니니? 너희 부모님은 학원에 가라고 안 그러셔?"

우혁이는 웃으며 고개를 가로저었다.

"왜? 공부를 잘해서 그런가?"

"하하하! 그건 아니고……. 우리 아빠가 작년에 쓰러지셔서 계속 누워 계시거든. 엄마는 간호를 하느라 아무것도 못하시고……. 집안 사정이 이렇다 보니까 내가 학원까지 다니기는 좀 힘들지."

우혁이는 아무 일 아닌 것처럼 덤덤하게 말했지만, 예나는 깜짝 놀랐다. 그러면서 동시에 그 동안 너무 우혁이에 대해서 아는 게 없었다는 생각이 들었다.

"몰랐어."

"당연하지. 누가 일부러 물어 보지 않으면 이야기를 해 본 적이 없거든. 그렇지만 누가 물어 보면 최대한 솔직하게 이야기해 주지."

"너 속상하겠다. 나도 우리 엄마가 어제 쓰러지셔서 엄청 속상했는데……."

예나가 얘기를 꺼내자 우혁이가 금세 걱정스러운 표정이 되어서 말했다.

"아니, 엄마가 쓰러지셨어? 너 엄청 놀랐겠다. 어떡하니?"

예나보다 오히려 우혁이가 더 야단이었다.

"괜찮아. 새벽에 깨어나셨다고 연락 왔어."

"정말 다행이다. 큰 병이 아니어야 할 텐데……."

우혁이는 가슴까지 쓸어 내리며 말했다.

'너에 비하면 아무것도 아니잖아.'

예나는 차마 입 밖으로 말하지 못하고 머릿속으로만 중얼거렸다.

학원 수업을 마친 예나는 아빠 차를 타고 병원으로 향했다.

"엄마는 어떠세요?"

"응, 아직도 기운이 좀 없는 것 같아. 그래도 이제보다는 훨씬 좋아지셨으니까 걱정하지 말고……."

"왜 쓰러지신 거래요?"

"의사 말로는 과로와 스트레스 때문에 몸이 전체적으로 많이 허약해지셨대. 그래서 남들은 쉽게 이기는 몸살 감기조차도 이겨 내질 못했다고 그러시더라."

예나는 잠시 생각에 잠겼다. 밤새 일을 하고, 낮에는 또 집안일을 하고, 틈틈이 잠을 잔다고 해도 엄마는 겨우 하루에 4~5시간 정도밖에 잠을 자지 못했었다. 그러니 과로 상태였을 수밖에…….

아빠의 차는 곧 병원에 도착했다. 엄마는 그 사이 응급실에서 일반 병실로 옮겨져 있었다.

"예나 왔니? 학교는 잘 갔다 왔고? 아침은 먹고 갔어?"

엄마는 예나의 얼굴을 보자마자 걱정스럽게 물었다.

"예!"

예나는 대답을 하며 어색하게 엄마의 침대 옆으로 가서 앉았다.

"아빠, 엄마 언제까지 입원하셔야 돼요?"

예나는 엄마한테 직접 묻지 못하고 아빠에게 물었다.

"응, 상태가 좋아지는 대로 바로 퇴원해도 된다고 그러는데, 얼른 집으로 가야지."

엄마가 대답했다. 한동안 셋은 아무 말이 없었다. 그러다 아빠가 먼저 말했다.

"예나야, 엄마한테 얼마나 아프셨는지, 괜찮으신지부터 물어 보는 게 순서 아니니?"

예나는 아빠에게 찡그리는 표정을 한 번 지어 보인 후 엄마의 얼굴을 보았다. 엄마의 얼굴을 이렇게 자세히 본 게 얼마만인지……. 예나의 눈에는 새삼스럽게 엄마 얼굴의 자잘한 주름이며, 눈 밑의 검은 자국이 들어왔다. 언제나 젊고 예쁘다고만 생각했던 엄마의 얼굴이 오늘은 왠지 달라 보였다.

엄마는 고개를 돌려 예나를 쳐다보았다. 엄마의 얼굴엔 걱정스러운 표정이 아직도 가시지 않고 있었다.

"엄마, 많이 아팠……."

예나는 말을 다 끝내지 못하고 굵은 눈물을 떨어뜨렸다. 갑자기 눈물이 주체하지 못할 정도로 솟구쳐 나왔다.

"예나야!"

엄마와 아빠는 갑작스런 예나의 모습에 당황했다.

"예나야, 엄마 괜찮아. 울지 마!"

예나를 달래는 엄마도 목이 메어 제대로 말을 못했다.

"흑흑흑! 임마, 미안해요, 흑흑흑!"

예나는 계속해서 눈물을 쏟아 내며 말했다. 갑자기 자신이 엄마에게 기졌던 불만, 임마에게 했던 차가운 말들이 그대로 가슴 속으로 들어와 박혔다. 마치 그 말들이 엄마의 몸을 허약하게 만들고, 쓰러지게 만든 것처럼 느껴졌다.

'내가 바보였어. 그 동안 엄마가 날 얼마나 많이 배려해 주셨는데, 그걸 하나도 몰랐으니까 난 정말 바보였어.'

아무 말 못하고 펑펑 울고 있는 예나의 모습을 보면서 엄마도 하염없이 눈물을 흘리고 있었다.

"예나야, 엄마가 더 미안해. 늘 바쁘다는 핑계만 댔지, 너한테 뭐 하나 신경 써 준 게 없었어. 넌 스스로 모든 일을 잘해내는 착한 딸이었어. 울지 마."

"저 안 착했어요. 저도 알아요, 엄마."

예나는 손으로 눈물을 닦아 내며 말했다.

"어이구, 우리 딸 이제 철들었네."

옆에서 지켜보던 아빠가 웃으며 말했다. 예나의 울음이 그 치자 아빠는 저녁을 먹사며 병원 밖으로 데리고 나왔다

"예나야, 엄마가 병원에 누워 계신 걸 보니까 마음이 좀 변한 기야?"

예나는 쉽게 대답하지 못했다.

"엄마가 병원에 계신 건 마음이 아프지만, 그래도 이 일을 계기로 예나의 마음이 바뀌었다면 아빤 다행이라는 생각이 든다."

예나는 차마 아빠에게 그 동안 자신이 잘못했던 것, 엄마를 배려하지 못했던 것을 고백하지는 못했다. 그렇지만 아빠라면, 예나가 말을 하지 않아도 모든 걸 알고 있을 거라는 생각이 들었다. 저녁 식사를 하고 나서 예나와 아빠는 다시 엄마의 병실로 갔다. 엄마는 잠이 들었는지 눈을 감고 있었다.

"약 때문인지 잠을 좀 많이 자네."

아빠가 엄마의 목까지 이불을 덮어 주며 말했다.

"아빠, 저 이제 집에 갈게요. 가서 숙제해야 해요."

아빠는 고개를 끄덕이고는 앞장서서 주차장으로 향했다.

"예나야, 아빠는 네가 오늘 평소와 다른 행동을 보였다고 해서 내일부터 완전히 달라지는 건 바라지 않는다."

아빠가 웃으며 말했다.

예나는 고개를 돌려 운전하는 아빠를 쳐다보았다.

"그렇지만 오늘처럼 조금만 더 엄마를 이해하도록 노력해 보렴."

짧은 말이었지만, 예나에게는 큰 위안이 되었다. 예나 역시 한순간에 갑자기 착한 아이로 돌변하는 건 좀 어색한 일이니까…….

마음먹기와 실천하기

엄마는 예상보다 빠른 회복을 보여 3일 만에 퇴원을 하게 되었다. 병원으로 가서 엄마와 함께 집으로 돌아오면서 예나는 마음이 한결 가벼워진 것을 느낄 수 있었다

"예나야, 엄마가 일찍 퇴원하니까 좋지?"

아빠는 차의 뒷자리에 나란히 앉은 예나와 엄마를 백미러로 보며 말했다. 예나는 아직도 그런 아빠의 질문에 대답을 하는 것이 익숙하지 않았지만, 애써 고개를 끄덕여 보였다.

엄마가 퇴원한 다음 날, 예나는 우혁이를 찾아가 바른생활부 회의를 제안했다.

"네가 먼저 회의를 하자고 한 건 이번이 처음인걸?"

우혁이는 놀랍다는 듯 말했다.

"그런가?"

생각해 보니 우혁이의 말이 맞는 것 같았다. 언제나 우혁이가 먼저 예나를 찾아와 회의를 하자고 했고, 시간을 알려 주었고, 바른생활부장들에게 연락을 했으니까…….

수업을 마치고 난 뒤, 바른생활부장들은 모두 과학실에 모였다. 하지만 우정이의 모습은 끝내 보이지 않았다.

"자, 그러면 지금부터 회의를 시작하겠습니다. 오늘 회의는 예나가 먼저 하자고 했으니까, 예나의 의견을 먼저 들어 보겠습니다."

예나가 교단에 나와 섰다.

"제가 오늘 회의를 하자고 한 것은 지난번 고민 내용들 중 우리가 해결하지 못했던 한 가지에 대한 이야기를 하고 싶어서입니다."

예나는 뒤로 돌아서서 칠판에 크게 '배려'라는 두 글자를 적었다.

"배려?"

아이들은 눈이 휘둥그레졌다.

"아마 배려라는 말을 모르는 사람은 없을 것입니다. 그렇지만 우리는 평소에 남에 대한 배려를 잘 하지 못하는 것 같습니다.”

아이들은 서로 얼굴을 마주 보며 의아한 표정을 지어 보였다. 그 때 5학년 바른생활부장 한 명이 손을 들고 물었다.

“그런데 배려가 고민을 해결하는 것과 무슨 상관이에요?”

예나는 살짝 미소를 지으며 대답했다.

“지난번 회의 때 우리는 친구나 가족처럼 주변 사람들과의 문제를 고민하는 내용에 대한 해결 방법을 찾지 못했습니다. 그런데 이 모든 문제를 해결해 줄 수 있는 것이 바로 배려입니다.”

아이들은 여전히 이해할 수 없다는 표정이었다. 그 사이에서 우혁이만 유독 묵묵히 예나의 이야기를 듣고 있었다.

“친구나 가족들과 다투는 것은 모두가 자신의 입장만 생각할 뿐, 상대방에 대한 배려가 부족하기 때문입니다. 만약 서로 상대방의 입장을 잘 생각해 보고 배려한다면 싸움은 훨씬 줄어들 것입니다.”

그제야 아이들이 고개를 끄덕였다.

“왕따도 마찬가지입니다. 작년에 우리 반에서는 욕을 잘하는 아이 한 명이 왕따를 당한 적이 있습니다. 그런데 만약 다른 친구들이 그 아이가 왜 욕을 하는 건지, 혹시 내가 그 아이에게 어떤 잘못을 한 건 아닌지 먼저 생각했더라면 왕따는 없지 않았을까요? 그리고 왕따를 당한 아이 역시, 내가 하는 욕 때문에 상대방이 얼마나 기분 나쁠까 생각하고 배려를 했더라면 왕따를 당하지 않았을 것입니다."

모든 아이들은 그제야 고개를 끄덕이기 시작했다.

"만약에 우리 모두가 다른 사람들을 배려하는 마음을 갖는다면 많은 고민들이 해결될 거라고 생각합니다."

예나는 이야기를 마친 듯, 아이들을 둘러보았다. 아이들은 갑자기 수군거리기 시작했다.

"그래서 어떻게 하자는 거야?"

한 아이의 소곤대는 이야기가 예나의 귀에 들어왔다.

'아, 그렇지? 배려하자고 말할 것만 생각했지, 그걸 어떻게 고민 해결과 연결시킬지는 생각하지 못했구나.'

예나가 '아차!' 하는 마음으로 당황하고 있을 때, 예림이가 손을 들고 이야기를 했다.

"예나 언니의 이야기는 모두 옳은 말입니다. 이야기를 듣고 보니 정말 우리는 상대방에 대한 배려가 너무 부족했다는 생각이 듭니다. 그런데 고민이 많은 아이들에게 상대방을 배려하라고 일일이 이야기를 해 줄 수도 없고, 그렇다고 아이들을 모아 놓고 우리가 배려에 대한 이야기를 할 수도 없잖아요? 뭔가 배려를 실천할 수 있도록 방법을 알려 줘야 하는 것 아닌가요?"

"아, 그게 그러니까……."

예나는 뭐라 대답하지 못하고 있는 자신이 너무나 미웠다. 그 때였다.

"자, 여러분! 조용히 하세요. 우리끼리 회의를 해서 결론이 나시 않으면 선생님께 도움을 칭하면 되잖아요."

우혁이었다. 예나는 마음 속으로 안도의 한숨을 쉬었다. 정말이지 우혁이에게 너무나 고마운 마음이 들었다. 예나는 자리로 돌아가 앉았고, 우혁이가 다시 교단에 섰다.

"모두들 예나의 이야기가 고민 해결에 도움이 될 만한 좋은 의견이라고 생각하는 건가요?"

"예!"

아이들은 입을 모아 대답했다.

"그렇다면 이 의견을 선생님께 말씀드리겠습니다. 아마 배려를 실전할 수 있는 방법을 꼭 알려 주실 거예요."

아이들은 고개를 끄덕였다. 이렇게 해서 회의는 끝났다.

예나는 오늘 회의가 엉망진창이 되지 않고 잘 끝나게 된 것이
모두 우혁이 덕분이라고 생각했다.

우혁이와 예나는 회의가 끝나자마자 선생님을 만나기 위
해 교무실로 향했다. 그런데 교무실과 나란히 붙어 있는 교장
실에서 바른생활부 선생님의 목소리가 들려 왔다.

"조금만 더 기다려 주십시오. 약속은 석 달 아닙니까?
아직 석 달이 채 되지도 않았는데 이렇게
성급하게 판단을 하시면 아이들은 상처
를 받을 겁니다."

"어째서 바른생활부 이야기만 나오면 아이들이 술렁거리는 겁니까? 작년엔 하는 일이 없어서 없애라고 야단이더니, 올해는 또 일을 너무 많이 벌여서 이런저런 이야기들이 나오고 있잖아요."

"한 학생의 의견일 뿐입니다. 그 글이 전체 학생들의 의견이라고 생각하면 오해십니다."

"뭐, 다 읽어 보니 그 글에 찬성하는 의견들도 많던데요."

"그렇지만 반대하는 학생들이 더 많았다는 것은 분명합니다. 제가 숫자로 알려 드릴까요?"

"아, 됐어요. 됐고요. 좀 조용히 삽시다. 이거야 원 시끄러워서 살겠어요?"

"바른생활부에서 할 수 있는 일을 찾아보라고 지난 회의 때 말씀하셨잖아요. 그래서 지금 일을 하고 있는데도 뭐라고만 하시니 저도 못 견디겠습니다. 지금 아이들이 얼마나 열심히 하고 있는지는 교장 선생님도 아시지 않습니까?"

"저, 김 선생, 내가 이런 이야기까지는 정말 안 하려고 했는데, 승호 어머니에게서 일주일이 멀다 하고 전화가 와요. 승호가 바른생활부 때문에 스트레스를 받아서 밤잠을 설치고 있다고……."

교장 선생님은 목소리를 낮추어 말했지만, 가슴을 졸이며 선생님 말에 집중하고 있던 예나와 우혁이의 귀에는 고스란히 그 내용이 들려 왔다. 예나는 짧게 한숨을 쉬었다.

"교장 선생님!"

바른생활부 선생님의 낮고도 단호한 음성이었다.

"승호만 학생입니까? 다른 대다수의 학생들을 생각하셔야지요. 그리고 지라면 그렇게 전화를 하는 승호 어머님께 한마디 하겠습니다. 승호가 소중한 만큼 다른 아이들도 각자 부모님들의 소중한 아들, 딸들이라고요."

"어허, 김 선생! 지금 날 가르치려 드는 겁니까?"

"무례했다면 용서하십시오. 저는 무슨 일이 있어도 우리 아이들 편을 들 수밖에 없습니다. 변화를 바라신다면 변화의 과정에서 일어나는 사소한 문제들은 눈감아 주시는 아량도 베풀어 주십시오."

예나와 우혁이는 여기까지 듣고 다시 교실로 올라왔다.

"오늘은 안 되겠다. 다음에 가서 말씀드리자."

우혁이가 기운이 빠진 목소리로 말했다.

"어유, 이제 겨우 열흘밖에 안 남았는데 큰일이네."

예나는 여러 가지 생각으로 한숨이 몰려왔다. 제일 먼저

든 생각은 회의 때 당황하는 모습을 모두에게 보였던 자기 자신에 대한 실망이었다.

그리고 또 한 가지는 승호 때문이었다. 승호가 원망스럽기도 했지만, 또 어떻게 생각해 보면 불쌍하기도 했다. 엄마 때문에 지독하게도 이기적인 아이, 그래서 다른 사람들에게 늘 상처만 주면서도 정작 자기는 그걸 모르는 아이로 자라고 있기 때문이다.

어두운 얼굴로 한숨을 쉬는 예나를 보며 우혁이가 갑자기 말을 꺼냈다.

"마지막에 힘을 내야 이기는 거야. 너 쇼트트랙 경기 못 봤어? 스케이트 날 하나 차이로 승부가 결정나는 거라고."

우혁이는 어느 새 쇼트트랙 선수들의 모습을 흉내내고 있었다. 예나는 그런 우혁이를 보며 오랜만에 큰 소리로 웃음을 터뜨렸다.

간절한 기도

"예나야, 무슨 일 있었어? 표정이 왜 그래?"

예나가 들어서는 모습을 보며 엄마는 걱정스레 물었다.

"그냥 학교에서 좀 안 좋은 일이 있었어요. 그렇지만 잘 해결될 거예요."

엄마는 더 이상 묻지 않았다. 아마 예전의 예나였다면 엄마가 자신의 학교 생활에 관심이 없어서라고 생각했을 것이다. 그렇지만 오늘은 더 이상 묻지 않는 엄마에게 고마운 생각이 들었다.

"예나야, 얼른 씻고 나와서 과일 먹어라."

오늘은 예나가 학원에 가지 않는 날이었다. 시계를 확인해 보니 3시였다. 이 시간에 엄마가 깨어 있는 날도 있었던가?

예나는 얼른 씻고 나서 거실에 앉아 사과를 먹었다. 예나
는 몇 번이나 엄마에게 뭔가 이야기를 꺼내려다 말았다.

"너, 엄마한테 뭐 궁금한 거 있지?"

예나는 화들짝 놀랐다.

"이 녀석아, 내가 너를 낳고 지금까지 키웠는데 그 정도 눈
치도 없을 것 같니?"

그랬다. 엄마는 지금까지 예나에 대해 이렇게 잘 알고 있
었는데, 예나는 엄마가 너무 자신에 대해서 모른다고 생각해
왔었다. 어쩌면 엄마를 정말 모르는 건 예나일지도 모른다.
그 동안 예나는 너무 오랜 시간 동안 엄마를 오해하고 있었던
것이다.

"그냥, 이 시간에 왜 안 주무시나, 그런 생각 했어요."

예나는 생각을 들켜 버린 것이 부끄러워서 더듬더듬 이야
기를 했다.

"넘어진 김에 쉬어 가라는 옛 말도 있잖니? 아픈 김에 잠
시 쉬기로 했지."

"언제까지요?"

예나는 들뜬 목소리로 질문했다. 엄마는 그런 예나의 얼굴
을 빤히 들여다보며 물었다.

"엄마랑 하고 싶은 일 있어?"

예나는 곰곰이 생각을 해 보았다. 그러고 보니 엄마와 못 해 본 일이 너무 많았다.

"오래 생각하는 걸 보니까 뭐가 많은 모양이구나. 그렇지 만 네가 아무리 해 달라고 해도 못하는 일이 딱 하나 있어. 그 건 바로……."

예나는 긴장을 하면서 엄마의 이야기를 듣고 있었다.

"학교에 가서 선생님께 잘 보여 달라는 거야. 엄마에게는 네가 가장 소중한 딸이지만, 많은 아이들이 다니는 학교에서 유독 너에게만 잘해 달라는 말은 못해. 다른 아이들도 똑같이 존중 받고, 또 잘못하는 일이 있으면 너도 똑같이 혼이 나야 지. 그리고 네가 잘하고 있다면 분명히 선생님께서도 너에게 잘해 주실 것 아니니? 엄마는 네가 학교 생활을 잘 해내는 능 력 정도는 가지고 있을 거라고 생각해."

하지만 예나는 엄마의 말씀에 '그럼요, 제가 학교 생활을 얼마나 잘한다고요.'라고 당당하게 대답할 수 없었다. 아마 작년이었더라면, 바른생활부장이 되기 전이었다면 그렇게 대답했을 것이다. 스스로의 문제가 뭔지 아예 몰랐으니 까……. 그렇지만 그 동안 자신이 얼마나 이기적이고 남을

배려하지 못하는 아이였는지를 깨달은 지금은 부끄러워서라
도 그렇게 말할 수 없었다.

"어서 엄마와 하고 싶은 일을 말해 봐."

예나는 심호흡을 한 번 하고 이야기를 했다.

"쇼핑을 하고 싶어요. 그리고 놀이동산에도 가고 싶고, 전
시회, 체험전……, 이런 데도 가 보고 싶어요."

예나는 떠오르는 대로 이야기를 했다.

"그러고 보니까 그 동안 그런 걸 한 번도 못했구나. 엄마가
바쁘다고 핑계만 댔지, 네가 원하는 게 뭔지 한 번도 배려한
적이 없었어. 대단한 일들도 아니었는데……."

엄마의 목소리가 떨리고 있었다. 예나는 굳이 모르는 척하
며 사과만 열심히 먹고 있었다.

"딱 일주일이야. 엄마가 쉴 수 있는 시간 말이야. 일주일
동안 못했던 것 다 해 보자."

예나는 저도 모르게 웃음이 나왔다.

오늘은 아빠도 여느 때보다 일찍 퇴근을 했다. 예나는 아
빠에게 신이 나서 엄마와 한 이야기들을 늘어놓았다.

"우리 예나가 정말 기분이 좋았구나."

"예! 학교에서 별로 좋지 않은 일이 있어서 우울했었는데,

엄마랑 이야기하고 나서 다 풀어졌어요."

말을 하고 나니 예나는 갑자기 묘한 기분이 들었다. 예전에는 학교에서 좋은 일이 있어 기분이 좋다가도 집에 와서 닫힌 커튼만 보면 다시 우울해지곤 했었는데……. 마음 하나 바꾸었다고 모든 생활이 달라지다니, 참 놀라운 일이었다.

저녁 식사를 마치고 난 뒤, 갑자기 아빠가 식탁에서 벌떡 일어나 싱크대 쪽으로 걸어갔다.

"뭐 찾는 것 있어요? 말해요. 내가 찾아 줄게요."

엄마는 그릇을 정리하다 말고 아빠에게 말했다.

"아니, 찾는 것 없어. 그냥 설거지나 할까 하고……."

"네에?"

"네에?"

예나와 엄마는 동시에 놀란 눈으로 아빠를 쳐다보았다.

"왜 놀라지? 예나 어릴 때는 나도 설거지 많이 했던 것 같은데……."

"아이고, 당신이 언제? 한 서너 번 했나?"

"그런가? 어쨌든 오늘은 내가 할 테니까 그냥 앉아 있어."

"됐어요. 늘 하던 일이니까 내가 하면 돼요."

"왜 이러시나? 오랜만에 좋은 일 좀 하겠다는데……."

엄마와 아빠의 즐거운 승강이는 한참 동안 계속되었다. 그
모습을 보고 있던 예나가 키득대며 말했다.

"엄마, 그냥 앉아 계세요. 아빠가 하신다잖아요."

엄마는 하는 수 없이 반찬 통을 챙겨서 냉장고에 넣으며 말
했다.

"깨끗하게 못하면 다음부터는 절대 안 시킬 거예요."

"아, 그래? 다음에 또 하려면 정말 깨끗하게 해야겠네."

아빠는 그릇을 여러 번 수세미로 닦으며 말했다. 정말 즐거운 저녁이었다.

다음 날, 예나와 우혁이는 선생님을 찾아갔다. 선생님은 무거운 표정의 얼굴로 자리에 앉아 있었다.

"너희들 왔니? 후유! 답답하다. 우리 밖에 나가서 이야기하지."

선생님은 팔을 쭉 펴 기지개를 켜며 말했다. 목소리에 피곤함이 그대로 묻어 있었다.

예나와 우혁이, 그리고 선생님은 운동장 벤치에 앉아 이야기를 나누었다. 먼저 우혁이와 예나가 회의에서 있었던 일을 선생님에게 설명했다.

"음, 그러니까 배려가 모든 고민을 해결할 수 있는 가장 좋은 방법인데, 그걸 아이들에게 어떻게 실천하라고 해야 할지 그게 문제라는 거지?"

"예!"

"글쎄다. 그건 선생님도 좀 생각할 시간이 필요하겠는걸. 우선 너희들이 모아 놓은 고민 쪽지들 좀 선생님한테 가지고 와라. 계속해서 읽다 보면 뭔가 좋은 방법이 떠오르겠지."

"예!"

선생님에게 특별한 방법을 들을 수 있을 거라 기대했던 예나와 우혁이는 아쉬운 생각이 들었다. 그렇지만 분명히 좋은 방법을 생각해 준다고 했기 때문에 둘은 선생님을 믿는 수밖에 없었다. 이야기가 끝나고 나서 예나는 학원에 갔고, 우혁이는 선생님에게 쪽지를 전해 준 뒤 곧장 집으로 갔다.

그 날 밤, 예나는 일기를 쓰다 불현듯 이런 생각이 들었다.

'바른생활부가 없어지면 어쩌지?'

처음 바른생활부장이 되었을 때는 바른생활부가 없어지는 게 차라리 낫겠다고 생각했던 예나였다. 그렇지만 지금은 바른생활부가 없어진다는 생각만으로도 마음이 떨렸다. 예나는 자기도 모르게 얼른 두 손을 모아 기도를 했다.

'무슨 일이 있어도 바른생활부가 없어지지 않게 해 주세요. 우리 모두 이렇게 열심히 하니까 하늘도 분명히 도와 주실 거라고 믿습니다.'

예나는 그 동안 기도를 하는 사람들을 이해할 수가 없었다. 무슨 일이든 자신의 힘으로 노력해야 좋은 결과를 얻을 수 있는 건데, 기도 같은 것이 무슨 도움이 되겠냐고 생각했었다. 그런데 오늘은 달랐다. 기도를 하고 나니 마음이 편해지는 것 같았다.

'아, 이래서 사람들이 기도를 하는구나. 뭔가 간절하게 바라는 것이 있을 땐 기도를 하는 것도 좋은 방법이네.'

이런 생각이 저절로 들었다. 예나는 편안한 마음으로 침대에 누웠다. 스르르 잠이 든 예나는 꿈 속에서도 간절하게 기도를 하고 있었다.

아름다운 세상을 만드는 편지

다음 날, 학교에 가던 예나는 멀리에서 승호가 다가오는 것을 보았다. 모르는 척하고 지나가려는데 맞은편 길에서 누군가가 승호를 반갑게 부르며 뛰어가고 있었다. 바로 우정이었다.

우정이는 승호와 나란히 서서 뭐라고 떠들어 대고 있었다. 그러다 우정이와 예나의 눈이 마주쳤고, 둘 사이에는 묘한 눈길이 오가고 있었다.

"야, 뭘 신경 쓰고 그래? 어차피 다 끝난 거잖아."

승호가 우정이의 어깨에 손을 올리며 말했다. 예나의 한숨은 바람을 타고 하늘로 올라가고 있었다. 그런 예나의 뒤로 승호의 자신만만한 목소리가 메아리처럼 들려 왔다.

"걱정 마. 바른생활부는 없어지게 되어 있어. 내가 엄마한 테 다 이야기했단 말이야. 우리 엄마가 나서면 안 되는 일도 모두 된다니까."

개운치 않은 기분을 떨쳐 내려고 예나는 일부러 빠르게 걸 었다. 아침 바람이 시원하게 느껴졌다.

'다 잘 될 거야!'

지금으로서는 그저 이렇게 생각하는 것밖에는 다른 방법 이 없었다.

수업이 끝나고 바른생활부 선생님이 예나와 우혁이를 불 렀다. 선생님이 뭔가 좋은 방법을 알려 줄 거란 생각에 높은 얼른 교무실로 내려갔다.

선생님은 쪽지 3장을 들고 있었다.

"이 쪽지에 적힌 고민 내용을 읽고, 이 상황에시는 이떻게 배려를 해야 좋을지를 써 오도록 해. 누가 먼저 할래?"

선생님이 쪽지를 내밀었다.

"그야 예나의 의견이었으니까 당연히 예나가 먼저 해야겠 지요."

우혁이가 쪽지를 선생님에서 건네 받은 뒤 예나에게 주 었다. 예나는 어리둥절해 하며 쪽지를 받아 들었다.

"선생님이 말씀하신 대로 써 오면 그 다음엔 어떻게 하실 거예요? 설마 이 내용을 공개하실 건 아니시죠?"

예나는 걱정스러운 표정으로 물었다.

"걱정하지 마. 나에게도 다 생각이 있으니까……."

예나는 쪽지를 들고 교실로 올라왔다. 뭔가 큰 숙제를 하나 받은 기분이었다.

학원을 들러 집으로 온 예나는 쪽지의 내용을 찬찬히 읽어 보았다. 하나는 사이가 좋았던 친구와 사소한 일로 말다툼을 한 것이 고민이라는 내용이었다. 이미 그 친구와는 비밀까지 서로 나누는 사이였기 때문에 자칫 잘못하면 자기의 부끄러운 이야기들이 소문날까 봐 그것이 걱정되어 잠도 잘 오지 않는다고 했다.

그리고 또 하나는 공부를 잘하는 형과의 다툼 때문에 고민인 내용이었다. 형은 싸울 때마다 공부를 못한다며 윽박지르고, 자기는 또 형은 매일 잘난 척이라고 소리를 지른다고 했다. 그러다 보니 둘의 사이는 가까워질 기미가 보이지 않는다는 것이었다.

나머지 하나는 자기가 좋아하는 친구에게 뭐든지 다 해 주는데 그 친구가 고마워하질 않아서 속이 상한다는 여자 아이의 고민이었다. 하나에서 열까지 뭐든지 베풀기만 하는 이 아이는 좋아하는 친구가 자기를 이용하기만 하는 것 같아서 속이 상한다고 했다.

예나는 꼼꼼하게 쪽지들을 읽은 뒤 자신의 생각을 하나씩 적어 내려갔다. 그리고 다음 날 아침 일찍 자신의 생각을 적은 공책을 쪽지와 함께 선생님께 갖다 드렸다. 선생님은 예나가 써 온 것들을 읽으면서 흐뭇한 표정을 지었다.

"수고했나. 이세 가 뵈도 돼."

예나는 도대체 선생님이 어떤 생각을 하고 있는지 몹시 궁금했지만 일부러 묻지 않았다. 미리 알고 있는 건 왠지 재미없게 느껴졌기 때문이다.

그 날 엄마는 예나에게 영어 학원에 가지 말고 일찍 오라고 했다. 엄마가 학원을 빠지라고 한 건 이번이 처음이었다.

집에 와 보니 엄마는 외출 준비를 하고 있었다. 곱게 화장까지 한 엄마의 얼굴이 아직은 수척해 보였지만 표정만은 그 어느 때보다도 밝았다.

"예나야, 얼른 나가자."

"어딜요?"

"쇼핑!"

"우와!"

예나는 펄쩍 뛰면서 소리쳤다. 사실 엄마와 쇼핑을 하고 싶다고 이야기하긴 했지만, 아직도 몸이 완전히 회복이 되지 않았기 때문에 큰 기대는 하지 않았었다.

"일주일밖에 안 되는 짧은 시간인데, 그 동안 할 일 다 하려면 바삐 움직여야지."

엄마는 주차장으로 가서 아빠의 차를 몰고 나왔다. 아빠는 특별한 일이 있을 때를 빼고는 버스로 출퇴근을 했기 때문에 차는 늘 주차장에 머물러 있었다.

엄마와 예나는 가까운 백화점으로 향했다. 마침 세일 기간이었기 때문에 백화점 앞길은 자동차들로 가득 차 있었다. 예나와 엄마도 꼼짝 없이 차에 갇힌 신세가 되었다.

"빵빵! 빵빵!"

바로 뒤에 있던 차가 요란스럽게 경적을 울렸다. 예나네 차와 앞 차 사이에 아주 조금의 틈이 생겼는데, 얼른 앞으로 가지 않는다고 그런 것이다.

"어유, 조금 더 간다고 앞서 가는 것도 아닌데……."

엄마는 하는 수 없이 앞 차의 뒤에 바짝 차를 대었다. 그런데 잠시 후, 옆 차선의 차들이 조금씩 앞으로 나가기 시작했다. 아까 경적을 울렸던 그 차는 옆 차선의 차들이 조금의 틈만 보이면 앞머리를 들이대고는 끼어들려고 했다.

"자기는 저렇게 일찍 가고 싶으면서 지금껏 기다렸던 뒤의 차들은 어떻게 되든 상관 없다 이거군."

엄마가 혀를 끌끌 차며 말했다.

"어차피 기다리면 다 가게 되어 있는 걸, 꼭 남들한테 피해 입혀 가면서 저렇게 해야 되나? 하이튼 다른 사람들에 대한 배려라 」는 눈꼽만치도 없다니까."

엄마의 말에 예나는 저도 모르게 고개를 끄덕였다.

그렇게 30분도 더 지나서 예나와 엄마는 백화점 안으로 들어살 수 있었다. 그런데 도로의 자동차들만큼이나 백화점 안에도 사람들이 많았다.

"어이구, 이 사람들 뚫고 쇼핑하려면 한참 걸리겠다."

"저는 괜찮아요."

예나는 엄마의 손을 꼭 잡고 이곳 저곳을 둘러보았다. 두 사람은 맨 먼저 아동복 매장에 들러 예나의 옷을 고르기로 했다. 마침 마음에 드는 치마가 있어 옷걸이에서 빼려고 할 때였다.

"어, 그거 아까 내가 봐 둔 건데!"

한 아주머니가 달려와서는 예나의 손에 있는 옷을 채어 갔다. 그러고는 한쪽에 서 있는 딸에게 그 옷을 어서 입어 보라고 손짓했다.

"분명히 내가 고른 건데……."

예나는 엄마를 쳐다보며 볼멘소리를 했다. 엄마는 얼른 다른 곳으로 가자고 고갯짓을 했다.

'그래, 저 아줌마는 저 옷이 꼭 필요했을 거야. 난 다른 옷을 고르면 되지, 뭐.'

마음 속으로는 화가 치솟았지만 예나는 애써 이렇게 생각하려고 했다. 그렇게 힘들게 바지 한 벌을 고르고 나니 배가 몹시 고팠다. 두 사람은 식당가로 가기 위해 엘리베이터 앞에 섰다.

사람들이 많아서 그런지 엘리베이터도 금방 올라오지 않았다. 예나와 엄마는 한참 동안 기다린 끝에 엘리베이터를 탈수 있었다. 그런데 엘리베이터 문이 막 닫히려는 때였다. 어떤 아주머니가 아기를 안고 엘리베이터 쪽으로 달려오고 있었다.

엘리베이터 문은 닫히고 있는데, 누구 하나 '열림' 버튼을 누르지 않고 달려오는 아주머니를 쳐다만 보고 있었다. 예나와 엄마는 동시에 사람들 사이로 팔을 쭉 뻗어 버튼을 눌렀다. 엘리베이터 안에 있던 사람들이 모두 둘을 쳐다보았다.

"고맙습니다!"

아기를 안은 아주머니는 엘리베이터를 타자마자 큰 소리로 인사를 했다. 예나와 엄마는 서로를 쳐다보며 씽긋 웃었다. 엘리베이터 안에 타고 있던 다른 사람들은 모두들 약속이나 한 것처럼 층수를 표시하는 숫자판만 쳐나보고 있었다.

저녁 식사를 마치고 나서 집으로 온 예나는 씻자마자 하품이 나와 견딜 수가 없었다. 일른 일기를 쓰고 잠을 자려고 책상 앞에 앉았다. 오늘 하루 엄마와의 쇼핑으로 손에 들고 온 긴 바지 한 벌밖에 없었지만, 마음 속에는 뭔가를 가득 채워 온 것 같았다.

아침 일찍 교실에 들어간 예나는 어쩐지 학교가 술렁거린다는 느낌을 받았다. 복도에 나와 보니 5학년 아이들이 저마다 뭐라고 떠들면서 걸어가고 있었다.

'무슨 일이지?'

예나는 고개를 갸웃거리며 자리에 앉았다. 그 때였다.

"언니! 예나 언니!"

예림이었다. 예림이가 총총거리면서 예나의 교실로 들어
왔다.

"무슨 일이야?"

"언니, 이거 봤어?"

예림이는 종이 한 장을 내밀었다. 마치 편지지처럼 예쁘게
꾸며진 종이였다. 그 종이에는 이렇게 쓰여 있었다.

아름다운 세상을 만드는 편지 1

이웃에 사는 사자가 앓아 누웠다는 소문을 듣고 여우가 병
문안을 갔습니다.

"사자야, 어디가 아픈 거야?"

사자의 얼굴은 핼쑥하고 꺼칠했습니다. 병이 나도 단단히
난 것이 분명했습니다.

"아무것도 아니야. 그냥 밥맛이 좀 없어서……."

"아무 음식이나 잘 먹는 네가 밥맛이 없다니. 탈이 크게 난

것 같은데?"

여우는 걱정을 하며 사자의 갈기털을 쓰다듬었습니다.

"아니야, 난 그저……."

"그저 뭐?"

여우는 귀를 쫑긋 세웠습니다.

"늑대랑 다투었을 뿐이야. 그런데 나도 잘 모르겠어. 내가 왜 이렇게 식은땀이 나고 밥맛이 없는지……."

"음, 그래? 혹시 늑대가 널 때렸니?"

"그건 아니야. 내가 이렇게 덩치가 큰데 설마 날 때렸겠니?"

그렇습니다. 사자는 늑대와 몸싸움을 한 것은 아니었습니다. 그렇지만 지금 사자에게는 너무나 큰 고민이 하나 생겼습니다.

그건 바로 늑대에게만 말해 주었던 비밀 이야기가 하나 있었기 때문입니다.

"늑대야, 이건 너만 알고 있어. 사실 난 그리 용감하지 않아. 산길을 가다가 다람쥐가 바스락거리고 지나가기만 해도 무서워 죽겠어. 그러니까 앞으로는 산길을 갈 때 나와 함께 가 줘. 그리고 이 이야기는 절대 비밀이야."

사자가 다람쥐를 무서워한다는 것이 알려지면 산 속 나라에
는 큰 혼란이 벌어질 것입니다. 누가 뭐래도 사자는 동물의 왕
이었으니까요.

사자는 지금 늑대와 다툰 것이 문제가 아니라, 혹시라도 늑
대가 그 비밀 이야기를 소문내고 다닐까 봐 그것이 걱정이었던
것입니다. 그러다 보니 시름시름 앓게 되었고, 자기도 모르는

사이에 마음의 병에 걸렸던 것이지요. 겁 많은 사자의 마음의 병을 깨끗이 낫게 해 줄 약은 없는 걸까요?

옛 어른들 말씀에 '지는 것이 곧 이기는 것이다.'라는 말이 있습니다. 싸움에서 졌는데, 어떻게 이긴 것이 되는지 이해가 안 간다고요?

사자와 늑대가 어떤 일로 싸우게 되었는지는 잘 나타나 있지 않습니다. 그렇지만 모든 싸움은 자기의 입장만을 내세우기 때문에 벌어지는 것이랍니다. 자신만의 입장을 내세운다는 것은 아주 이기적이고 속 좁은 행동이지요. 만일 사자와 늑대가 서로를 조금이라도 배려하는 마음을 갖고 있었다면 싸움은 일어나지 않았을 것입니다.

그렇지만 기왕 싸움이 벌어진 뒤라면 얼른 늑대에게 가서 화해를 청하라고 이야기해 주고 싶습니다. 화해를 먼저 청하는 것이 지는 것처럼 보여 싫다고요? 그건 큰 오해입니다. 만약 시자가 먼저 화해를 청하게 된다면 사자는 속 좁은 친구를 먼저 배려하고 용서한, 마음 넓은 친구가 되는 것이니까요. 싸움에서 이기는 것보다 넓은 마음으로 상대를 넘어서는 것이 더욱 값진 승리라는 것은 모두 알 것입니다.

사자의 마음의 병에 가장 좋은 약은 배려와 화해입니다.

－ 바른생활부

"이거였구나."

예나는 조용히 입 속으로 중얼거렸다. 선생님이 예나에게 숙제를 내 주셨던 이유도 이제 알 것 같았다.

선생님은 고민 쪽지의 내용을 재미있는 동화로 바꾸어 쓰고, 예나가 써 온 글을 동화의 내용에 맞게 다듬어서 그 해결책으로 제시한 것이었다.

"언니, 아침에 학교에 왔더니 책상에 이게 한 장씩 놓여 있었어. 애들이 다들 재미 있다고 난리야. 오늘 것이 편지1이니까 2, 3…… 계속 나오는 것마다 모아서 스크랩한다는 애들도 있어. 근데 이거 누가 쓴 거야? 언니가 쓴 거야?"

예림이는 계속해서 떠들어 댔다. 예나는 왠지 쉽게 밝히고 싶지 않아 고개를 저었다.

"그럼 누가 썼지? 우혁이 오빠가 썼나? 아니면……."

"예림아, 누가 쓴 것이 중요한 게 아니잖아. 우리 모두 함께 쓴 거나 마찬가지야."

"무슨 말이야?"

예림이는 도통 예나의 말을 이해할 수 없다는 듯 고개만 갸웃거렸다. 예나는 뻐근해 오는 가슴을 진정시키고 있었다.

다음 날은 예나의 반 책상에도 '아름다운 세상을 만드는 편지2'가 한 장씩 놓여 있었다. 선생님은 날마다 다른 학년들에게 편지를 나누어 주려고 하는 것 같았다.

점심 시간, 식당에서 우혁이가 식판을 들고 예나의 곁으로 왔다.

"예나야! 편지 말이야, 아이들이 엄청 좋아하는 것 같아."

우혁이는 뭔가 비밀 이야기라도 하는 것처럼 소곤거렸다.

"편지?"

예나는 일부러 큰 소리로 되물었다.

"조용히 해. 애들 다 듣잖아."

"우혁아, 이미 바른생활부라고 이름까지 찍혀서 나갔어. 조용히 해도 다 알아."

"아, 그렇지?"

우혁이는 멋쩍은 듯 웃었다.

"근데 너 지난번에 선생님이 주신 쪽지의 답변으로 쓴 것이 이 내용이었던 거야?"

우혁이가 조용히 물었다. 예나는 살짝 고개를 끄덕였다.

둘은 수업이 끝난 뒤, 선생님을 만나러 교무실로 갔다. 선생님은 동화책을 10권도 넘게 책상 위에 쌓아 두고 있었다.

"이 녀석들아, 너희들 때문에 나도 공부하게 생겼다. 우리 반 애들 가르치랴, 동화 꾸미랴, 정신이 하나도 없어. 다행히 '재미있는 공부' 방송은 2학년 1반 선생님이 해 주기로 하셨지만 말이야."

선생님은 환하게 웃으며 꾸중 아닌 꾸중을 했다.

"선생님, 고맙습니다!"

우혁이가 먼저 꾸벅 인사를 했다. 예나도 뒤따라 고개를 숙였다.

"고맙긴 뭘……. 이제 너희들도 엄청나게 바쁘고 정신 없을 텐데……."

우혁이와 예나는 서로 마주 보고 고개를 갸웃거렸다.

"자, 이번엔 우혁이 차례구나. 옛다!"

선생님은 쪽지 3장을 우혁이에게 주었다.

"아참, 그렇지? 이거 완전히 숙제네."

우혁이가 쪽지를 받으며 중얼거렸다.

"하하하! 그래, 숙제 맞다. 아주 중요하고 어려운 숙제지. 배려에 대해 깊이 생각하고 써야 하니까 앞으로는 배려 숙제라고 부르자. 배려 숙제, 열심히 해 오너라."

선생님은 머리를 긁적이는 우혁이에게 큰 소리로 웃으며 말했다.

우혁이와 예나는 교무실을 나와 교실 쪽으로 걸어갔다.

"우혁아, 배려 숙제 잘해 와. 우리 바른생활부의 운명이 걸린 거니까."

예나는 우혁이에게 단단히 일렀다.

"아이고, 이미 다 했다 이거지? 그렇지만 아마 이거 끝나고 나면 다음 순서는 너일 텐데……."

예나는 우혁이에게 살짝 눈을 흘겨 보였다. 그렇지만 기분은 정말 좋았다.

며칠이 지났다. 편지는 계속해서 3, 4, 5, 6학년 교실을 두루 돌아다니고 있었고, 홈페이지에는 편지의 내용이 좋다는 의견들이 꼬리에 꼬리를 물고 올라왔다. 고민 상자는 계속해서 쌓여 갔지만, 이제는 고민을 담은 내용만큼이나 고민을 해결해서 기분이 좋다는 내용들도 많았다.

우혁이와 예나는 배려 숙제 때문에 많이 바빠지긴 했지만, 좋은 점이 더 많았다. 많은 생각을 해야 하니까 생각의 깊이도 깊어지고, 글을 많이 쓰다 보니 문장력도 늘어났다.

"배려 숙제 때문에 논술 학원 다니는 애들보다 논술 실력이 더 좋아지고 있다니까."

우혁이가 우스갯소리로 이렇게 말할 정도였다.

이렇게 석 달이 훌쩍 지나가 버렸다. 바른생활부의 앞날을 두고 교무 회의가 열리던 날, 예나와 우혁이는 아침 일찍부터 학교에 나와 떨리는 마음으로 회의 결과만 기다리고 있었다.

잠시 후, 회의가 끝났는지 교무실 문이 열리며 선생님들이 우르르 나왔다. 예나와 우혁이는 바른생활부 선생님에게 달려갔다.

"어떻게 됐어요?"

선생님의 얼굴은 무척이나 어두워 보였다.

"그게 말이다. 뭐, 꼭 바른생활부가 있어야……."

우혁이와 예나는 동시에 고개를 땅으로 떨구었다. 이렇게 끝나다니, 그 동안의 노력이 모두 허사가 되다니⋯⋯. 예나는 눈물이 나오려는 것을 억지로 참고 있었다.

"안 된 거예요?"

우혁이의 기운 없는 질문에 선생님은 빙긋이 웃었다.

"안 되기는 왜 안 되니? 모두들 바른생활부는 꼭 있어야 한다고 강력하게 주장하는 바람에 만장일치로 바른생활부를 더욱 활성화시키기로 결정했지."

"후유! 선생님, 간 떨어질 뻔했잖아요."

우혁이는 가슴을 쓸어 내리며 말했다. 예나는 눈물이 그렁 그렁한 얼굴로 웃고 있었다.

"예나는 정말 좋은가 보네. 웃느라 눈물이 다 난 걸 보니까⋯⋯. 자, 이제 얼른 교실로 가자. 바른생활부도 중요하지만 공부도 중요하잖니?"

선생님은 앞장서서 걸어갔다. 그 뒤를 따라가는 우혁이와 예나는 터져 나오려는 웃음을 안으로 삼키고 있었다.

그 날 오후 예나의 마음에는 먹구름이 걷혔지만, 하늘엔 먹구름이 잔뜩 끼어 있었다. 하루 종일 어둑하더니, 집에 갈 시간이 되어서는 갑자기 비가 쏟아지기 시작했다.

우산을 가지고 오지 않은 예나는 현관에 서서 비가 그치기를 기다렸다.

　엄마의 황금 같은 휴가는 1주일에서 닷새로 줄어 버렸다. 회사에서 엄마 없이는 아무 일도 안 된다며 재촉을 했기 때문이다. 그렇지만 그 동안 예나는 엄마와 함께 박물관도 가 보고, 가까운 야외로 소풍을 가기도 했다. 놀이공원에 가는 것은 곧 다가올 여름 방학으로 미루긴 했지만, 예나에게도 엄마에게도 후회 없는 휴가였다.

　비는 쉽게 그치지 않았다. '지금 엄마는 커튼을 닫고 단잠에 빠져 계시겠지.' 오늘 아침에 엄마는 작업실에서 나와 밥을 차려 주었다. 아마 쉬는 동안의 밀린 일 때문에 한 숨도 못 잤을 것이 분명했다.

　"얼른 비가 그쳐야 할 텐데……."

　이렇게 중얼거리고 있을 때였다. 예나의 곁으로 같은 반 소라가 엄마, 동생과 함께 우산을 들고 지나가고 있었다. 그런데 갑자기 소라가 걸음을 멈추고 예나에게 다가왔다.

　"예나야, 우산 같이 쓰고 가자."

　소라와는 같은 아파트에 살고 있지만, 별로 친한 사이는 아니었다. 그런데 그런 소라가 우산을 내밀며 말을 건네고 있었다. 이미 소라의 동생과 엄마는 우산을 함께 쓰고 앞장서

걷고 있었다.

"얼른 가자. 나, 엄마랑 같이 가야 해."

소라는 예나의 손을 잡아끌며 말했다.

"으응, 고마워!"

예나는 한 우산 속에서 소라와 어깨를 나란히 하고 걸어갔다. 소라는 예나를 아파트 현관까지 데려다 주고는 자기 집 쪽으로 총총히 걸어갔다.

소라의 뒷모습을 보며 예나는 가슴이 따뜻해져 왔다. 이렇게 예나는 또 한 번 배려의 큰 힘을 느끼고 있었다.

모두를 위한 배려

짧게만 느껴졌던 여름 방학이 드디어 끝나고 개학을 했다. 개학날이 늘 그렇듯 학교는 시끌벅적하고 어수선하기만 했다. 까맣게 그을린 아이들은 서로 경쟁이라도 하듯 방학 때 했던 일들을 떠벌리고 있었다. 예나 역시 방학 때 엄마, 아빠와 함께 강원도 외가에 놀러 갔던 일이며, 놀이동산에 다녀온 이야기들을 친구들에게 늘어놓았다.

개학을 하는 날부터 어김없이 편지는 배달되어 있었다. 방학 동안에 예나와 우혁이는 틈틈이 배려 숙제를 해서 선생님께 이메일로 보내 놓았었다. 아마도 앞으로 보름 정도는 숙제를 하지 않아도 편지는 제 날짜에 배달될 것이다.

그렇지만 방학을 끝으로 이제 예나는 더 이상 배려 숙제에 대해 생각하지 않아도 되었다. 2학기가 시작되면서 바른생활 부장으로서의 임기도 끝이 났기 때문이다. 그것은 곧 회상, 부회장, 전교 회장, 각 자치부 부장들이 모두 새로 선출된다는 뜻이다.

개학의 어수선한 분위기도 사흘을 넘기지 못했다. 아이들은 곧 예전의 일상으로 돌아갔고, 아침마다 배달되는 편지를 읽으며 하루를 시작했다.

드디어 내일이면 회장 선거를 한다는 이야기가 아이들 사이에서 오가기 시작했다. 회장 후보로 유력한 아이들은 더 좋은 이미지를 남기기 위해 가장 힘든 청소를 맡아 하거나, 교실의 물건들을 앞장서서 정리하기도 했다. 예전의 회장 후보들이 아이들을 우르르 몰고 가서 떡볶이를 사 주거나 거드름을 피웠던 것과는 많이 달라진 모습이었다.

물론, 그렇지 않은 아이도 있었다. 예나가 수업을 마치고 다음 날 준비물을 사기 위해 문구점에 들렀을 때였다.

"야, 마음에 드는 것 있으면 골라."

귀에 익은 목소리가 들렸다. 승호였다. 승호는 우정이를 비롯한 서너 명의 남자 아이들을 이끌고 문구점에 와서 시끄럽게 떠들고 있었다. 예나는 흘낏 승호를 쳐다보았다.

"어, 위예나!"

승호가 아는 척을 하며 다가왔다. 예나는 그런 승호를 무덤덤하게 쳐다만 보고 있었다.

"너 이번에 전교 회장 나가냐?"

"그건 왜? 내가 나가면 안 되니?"

"쳇, 그럴 줄 알았어. 네 욕심에 가만히 있을 리 없지."

승호는 입을 삐죽대며 비아냥거렸다.

"야, 너 말로만 배려, 배려 했던 것 맞지? 사실은 인기 올려서 전교 회장 나가고 싶었던 것 아니야?"

예나는 슬며시 웃음을 흘리며 고개를 저었다. 그러고는 이렇게 덧붙였다.

"네가 그렇게 나오니까 정말로 전교 회장 선거에 나가야 되겠는걸?"

"무슨 소리야?"

"너처럼 너 혼자만 알고 거드름만 피우는 아이가 전교 회장이 되면 학교가 어떻게 되겠니?"

승호의 얼굴이 구겨진 종이처럼 일그러졌다. 어느 새 우정이와 다른 아이들이 승호 뒤에 와서 서 있었다.

"너 말 다 했어?"

승호는 금방이라도 덤빌 듯이 으르렁거렸다.

"넌 하나만 알고 둘은 몰라."

예나는 단호하게 말했다.

"내가 뭘 모른다는 거야?"

승호는 얼굴까지 빨개진 채 발끈했다.

"내가 1학기 내내 배려에 대해 생각하면서 배운 게 아주 많거든. 그 중의 하나가 경쟁도 모두를 위한 배려가 될 수 있다는 것이었어."

"뭐야, 무슨 소리야?"

승호는 도무지 못 알아듣겠다는 듯이 얼굴을 찡그렸다.

"너 어떤 공약을 가지고 전교 회장 선거에 나올 거야?"

"뭐 아직은 잘 모르겠지만, 아이들이 모두 좋아할 만한 공약으로 나가야지."

"그것 봐. 넌 그것조차 생각을 못하고 있잖아. 넌 그저 전교 회장이 되고 싶기만 한 거지, 어떤 책임감과 의무감을 가져야 되는 건지도 모르잖아."

승호의 표정은 폭발할 것처럼 부글부글 끓고 있었다.

"전교 회장이 되면 나보다 학교를 위해 더 많은 시간을 써야 해. 아이들이 어떤 점을 불편해 하고 있는지, 더 즐거운 학교 생활을 위해서 무엇을 어떻게 바꾸어야 할지 회의 때마다 고민하고 토론해야 하는 거야. 게다가 선거 때 말해 놓은 공약을 지키려면 하루 종일, 아니 한 학기 내내 학교 생각만 해야 할걸?"

"그 정도는 나도 할 수 있어."

승호는 지지 않으려고 이를 악물고 말했지만, 사실은 아주 자신 없게 들렸다.

"그래, 그렇기 때문에 무엇보다 학교와 학생에 대한 배려를 잘할 줄 아는 사람이 전교 회장이 되어야 하는 거야. 그러고 보면 전교 회장 후보들은 누구나 자신이 학교와 학생들을 위해 더 많은 배려를 하겠다고 나서는 아이들이잖아. 그게 바로 배려를 위한 경쟁이 되는 것이고, 또 모두를 위한 배려가 되는 거지. 이젠 좀 알아듣겠니?"

예나의 말에 승호는 뭐라 대꾸할 말이 없었다. 승호의 표정은 마치 시합하는 동안 실컷 두들겨 맞고 넉다운이 된 권투 선수의 표정과 같았다. 그런데 더 재미있는 것은 승호를 따라온 아이들의 모습이었다. 예나의 말 한 마디 한 마디에 모두 고개를 끄덕이고 있지 않은가!

"홍승호! 우리 배려를 위해서 열심히 경쟁해 보자! 뭐, 지금까지 배려라고는 전혀 해 보지 못한 네가 날 이길 수 있을지는 잘 모르겠지만 말이야."

예나는 씩씩대고 있는 승호의 어깨를 툭 치며 문구점 한쪽에 걸려 있는 달력을 보았다.

"아, 늦었다!"

예나는 허겁지겁 물건값을 계산하고 문구점을 나왔다.

오늘은 수요일이었다. 방학이 시작되면서 아빠는 월, 수, 금요일에 설거지를 토요일에는 빨래를 하기로 했고, 예나는 수요일에 베란다 청소를 하기로 했었다. 원래 약속은 방학이 끝나면 예나는 집안일에서 빠지는 것이었지만, 그러고 싶지 않았다.

호스로 베란다에 물을 뿌리며 이리저리 뛰어다니다 보면

마치 물놀이를 하는 것처럼 너무나 신이 났다. 더운 여름을 시원하게 보낼 수 있었던 것도 아마 베란다 청소 때문이었던 것 같다.

"엄마가 먼저 하고 계시면 안 되는데……."

서둘러 현관문을 열쇠로 열었다. 그리고 가방을 던지듯이 소파에 내려놓고는 베란다 문을 열어 보았다. 아니나다를까, 엄마는 이미 베란다 청소를 하고 있었다.

"어, 엄마! 안 주무시고 뭐 하세요?"

"일주일이나 베란다를 그냥 두었더니 먼지가 쌓였잖아. 그래서 청소하고 있었지."

"이건 제 일이잖아요."

"예나아, 이젠 개학을 했잖아."

"에이, 그래도 제가 할 거예요. 엄만 들어가서 주무세요."

"아유, 안 해도 돼. 이거 잠깐 하고 또 들어가서 잘 거야."

예나는 맨발로 베란다로 뛰어들어갔다. 엄마와 승강이를 벌이는 동안 예나와 엄마의 옷에 물이 튀었다.

"하하하! 엄마, 어차피 이 옷은 토요일에 아빠가 빨래하실 거니까 괜찮죠?"

엄마는 웃으며 고개를 끄덕였다. 예나는 물이 나오는 호스

를 엄마 쪽에 대고 뿌렸다. 엄마도 지지 않고 양동이의 물을
예나에게 뿌렸다. 엄마와 예나는 신나게 물을 뿌리며 어린 아
이들처럼 즐거워했다.

"엄마가 졌다, 졌어!"

마침내 엄마가 두 손을 들고 항복했다. 이미 둘은 흠뻑 젖
어 있었다. 예나와 엄마는 베란다 정리를 끝내고 옷을 갈아입
었다. 오랜만에 뛰어다니며 물싸움을 해서인지, 예나는 계속
해서 하품이 나왔다.

"예나야, 엄마랑 같이 잘까?"

예나는 고개를 끄덕였다. 엄마는 방으로 들어가 커튼을 닫
았다. 엄마의 팔을 베고 침대에 누운 예나는 자신도 모르는
사이에 스르르 잠이 들었다. 커튼이 닫힌 어둑한 방과 엄마의
품이 예나에게는 한없이 포근하기만 했다.

배려 : 도와 주거나 보살펴 주려고 마음을 씀.

세상을 아름답게
만드는 배려

배려란 내 마음과 상대방의 마음에 난 길을 건너는 것입니다. 내가 그 길을 사주 건너가고, 더욱 튼튼하게 다져 주어야 상대방도 나에게 더 쉽게 올 수 있답니다.

이웃을 위한 배려

- 저녁 시간, 아파트의 집집마다 등이 켜지기 시작하면 발뒤꿈치를 들고 조용히 걸으세요.

- 친구와 함께 지하철을 탔다면 목소리를 낮추어 소곤소곤 이야기를 나누세요.

- 영화나 연극을 볼 때, 전시회나 박물관을 찾았을 땐 휴대 전화를 잠시 꺼 두세요.

- 아무리 바쁘더라도 다음 사람에게서 "내가 먼저인데……." 라는 이야기를 들을 만한 행동은 하지 마세요.

- 도서관에서 책을 읽다가 모르는 것이 나왔다면, 옆 친구에게 물어 보는 대신 짧게 메모를 해 두었다가 스스로 찾아보세요. 다른 사람들에게는 방해가 되지 않고, 나에게는 지식이 쌓입니다.

- 엘리베이터를 탔는데 이웃이 다가오는 것이 보인다면 잠깐 기다려 주세요.

- 아름다운 자연에 함부로 상처 내지 마세요. 그 곳을 다시 찾는 사람들의 마음에도 상처가 남는답니다.

- 애완 동물을 네리고 다녀야 할 땐 꼭 줄을 매어 주고, 배설물도 깨끗하게 잘 치워 주세요. 나에게는 너무나 사랑스러운 애완 동물이 다른 사람들에게 미움을 받으면 안 되잖아요.

- 온라인으로 메일을 보내거나, 글을 쓰거나, 대화를 할 땐 바르고 고운 말을 쓰세요. 비록 얼굴과 이름은 보이지 않지만, 성품과 인격은 아무리 가리려고 해도 모두 보인답니다.

 이웃을 사랑하고, 질서를 지키는 것은 우리가 살아가고 있는 이 세상에 내린 배려입니다.

친구를 위한 배려

- 성적이 떨어져 기분이 우울한 친구에게 네잎 클로버를 찾아 선물해 보세요.

- 달리기를 하다 발을 헛디뎌 넘어진 친구를 향해 큰 소리로 '파이팅!'을 외쳐 보세요.

- 추운 겨울, 감기에 걸린 친구를 위해 햇볕이 잘 드는 창가 자리를 양보해 보세요.

- 이야기를 나누다 친구가 착각하여 영어 단어를 잘못 이야기했을 때, 그냥 모르는 척 고개를 끄덕이세요.

- 친구의 이야기가 조금은 재미가 없어도 큰 소리로 웃어 주세요. 한 사람의 웃음으로 모두가 함께 웃을 수 있답니다.

- 체육 시간, 운동을 하다가 나와 몸이 부딪쳐 넘어진 친구를 향해 손을 내밀어 보세요.

- 친구가 발표를 할 때 조용히 들어 주세요. 그리고 발표를 마쳤을 땐 누구보다 큰 소리로 박수를 쳐 주세요.

- 점심 시간, 아픈 친구를 위해 식판을 대신 가져디 주면서 이렇게 말해 보세요. "난 다시 줄 서서 기다렸다 먹으면 돼."

- 수업 시간에 짝이 깜박 잊고 책을 가지고 오지 않았다면, 먼저 책상의 가운데로 책을 밀어 줘 보세요.

 선생님과 친구들을 먼저 배려하세요. 아침부터 오후까지, 매일 매일을 행복하게 보낼 수 있답니다.

가족을 위한 배려

- 엄마와 함께 장을 보러 갈 땐 엄마 손에 들려 있는 봉지들 중 하나를 슬쩍 뺏어 들어 보세요.

- 늦은 저녁, 아빠가 텔레비전을 보며 앉아 계시면 슬며시 옆으로 가서 어깨를 주물러 드려 보세요.

- 집안일을 마친 뒤, 소파에 앉아 텔레비전을 보다 그대로 잠이 든 엄마에게 담요를 덮어 드려 보세요.

- 할머니, 할아버지의 주름진 볼에 뽀뽀를 해 드려 보세요. 웃음은 보약보다 더 몸을 건강하게 만들어 줍니다.

- 아빠의 흰 머리를 뽑으면서 이렇게 말해 보세요.
  "어? 검은 머리인데 잘못 뽑았네요."
  아빠의 마음은 벌써 10년은 젊어지셨을 거예요.

- 문구점에 준비물을 사러 갈 땐 누나에게 한 번 물어 보세요.
  "누나, 나 문구점에 갈 건데 뭐 필요한 것 없어?"

- 동생의 어깨에 매달린 가방이 너무 무거워 보일 때, 얼른 빼앗아 들고 앞장 서 보세요.
  '난 동생보다 힘이 세니까 이 정도는 아무것도 아니야.'

- 혼자서 간식을 먹게 되었을 땐 형제들의 몫을 미리 덜어 놓으세요.

- 가끔씩은 형을 위해 텔레비전 채널을 양보해 보세요. 언젠가는 형도 나에게 양보할 거예요.

 가족이 '이것 좀 해 줄래?'라고 말하기 선에 '내가 할게요.'
라고 먼저 이야기하는 것, 사랑하는 가족들을 위한 여러분의
배려입니다.

나를 위한 배려

- '5분만 더! 10분만 더!'
  아침에 늦잠을 자고 싶다는 생각이 들면 벌떡 일어나 잠을 확
  쫓아 보세요.

- 조금 일찍 집을 나서 한적한 등굣길을 마음껏 휘저으며 걸어
  보세요.

- 꺼칠꺼칠한 잡곡밥을 먹을 땐 고소한 맛이 느껴지도록 오래
  오래 씹어 보세요.

- 힘들다고 느껴질 때까지 달리기를 해 보세요. 내일은 오늘보
  다 더 오래 달릴 수 있을 겁니다.

- 내 책상에 학용품들이 어수선하게 널려 있다면, 그것을 보았
  을 때 바로 정리하세요.

- 옷은 옷걸이가, 신발은 신발장이, 벗은 양말은 세탁 바구니가 제자리입니다. 엉뚱한 자리에서 불안에 떨게 만들지 마세요.

- 차도 없고 사람들도 없다고 해서 횡단보도가 아닌 곳에서 길을 건너지 마세요. 쳐다보는 사람들이 없다고 해서 아무 곳에나 사탕 껍질을 버리지 마세요. 질서는 다른 사람들이 아닌, 여러분 자신을 위해 있는 것입니다.

- 무거운 짐을 이고 가시는 할머니를 보았다면, 경사진 길에서 휠체어를 타고 힘들어 하는 장애우를 보았다면, 가던 길을 잠깐 멈추고 도와 드리세요. 스스로에게 자랑스러워집니다.

 미래를 위해 부지런하게 서두르는 것, 미래를 위해 건강한 몸을 만드는 것, 미래를 위해 좋은 습관을 기르는 것, 그리고 다른 사람을 배려하는 것, 이 모든 것이 결국 나를 위한 배려입니다.

원작자
한상복

12년간 신문사에서 기자 생활을 하면서 다양한 사람들을 만나 그들의 살아가는 이야기에 귀를 기울였습니다. 그 과정에서 자신의 의지대로 인생을 이끌어간 사람들의 공통점을 발견했습니다. 그런 사람들은 '타인을 대하는 자세'에서도 남다른 측면을 가지고 있었으며, 『배려』는 이러한 공통점들을 토대로 집필되었습니다. 특히, 어릴 때부터 남을 배려할 줄 아는 사람은 커서도 지혜롭고 건강한 어른이 된다는 사실을 알려 주고 싶습니다.

지은 책으로 『배려』, 『한국의 부자들』(1 · 2), 『벤처 뒤집기』 등이 있습니다.

지은이
전지은

추계예술대학교 문예창작과를 졸업하고, 어린이들의 생각과 꿈을 함께 나누면서 여러 권의 어린이 책을 만들었습니다.

우리 아이들이 꿈을 펼쳐 갈 미래는 지금보다 더 따뜻하고 행복한 세상이 되어야 합니다. 나도 행복하고 친구도 행복하고, 가족과 이웃 모두가 함께 웃을 수 있는 세상을 만들어 가기 위해서는 나보다 남을 먼저 생각하는 배려가 우리 사회의 바탕이 되어야 한다는 생각으로 이 책을 썼습니다.

지은 책으로 『초등과학 학습만화 why? 자연재해 편』, 『만화로 보는 수학 비타민』, 『자신만만 리더십 이야기 51』, 『대한민국 어린이라면 꼭 알아야 할 우리 역사 100대 사건』 등이 있습니다.

그린이
김성신

덕성여자대학교에서 서양화를 전공하고 California Institute of the Arts에서 Character Animation과를 졸업했습니다.

아이들의 무한한 상상력과 꿈을 아름답게 키워 줄 수 있는 그림이 세상에서 가장 좋은 그림이라는 생각으로, 디자이너로 애니메이터로 일러스트레이터로 여러 분야에서 활동하고 있습니다. 이 책을 읽은 많은 아이들이 예나처럼 넓고 따뜻한 마음씨를 가지고 자랐으면 하는 바람입니다.

그림을 그린 책으로 『살아 있는 동안 꼭 해야 할 49가지』, 『배려』, 『사랑이라는 청진기 하나로』 등이 있습니다.